KB004381

__________________ 님께

사랑과 행복, 그리고 행운이
늘 가득하시길 바랍니다.

년 월 일

__________________ 드림

길과 나

길에 관한
감성 시집

길과 나

정만성 지음

나를 찾아 떠난 길, 길에서 찾은 나 …

다차원북스

프롤로그

봄바람이 계속 부는 꽃 봄인 줄 알았는데
어느새 가을바람 품은 단풍이네
친구들 하나둘 떠나가니 세월의 무상함이다
잊혀진 것은 잊혀진 대로 두고
생각나는 삶의 미소들을 모아
조그마한 그리움과 삶의 흔적을
그 미소로 되돌릴 수 있는 내일을 위해
올해를 넘기기 전에
어린 시절 일기장같이 울퉁불퉁하고
첫사랑 연애편지만큼 서툴렀을 글일지라도
길에 대한 이정표를 남겨놓고 싶었다
언제든지 떠날 수 있는 자신감을 주게 한
우리땅걷기 동호회, 충구산악회, 길과 나 카페,

출판인회 산악회, 카미노 도보여행, 나길도 카페
그리고 길을 나설 때 언제나 동반자가 되어주고
그 길 위에서 사사건건 말동무가 되어준
아내에게 감사하다는 말 전하고
시간과 관계없이 원고 독촉해준
출판사 황인원 대표님께 감사 인사 올린다.

2021년 5월, 정만성

차례

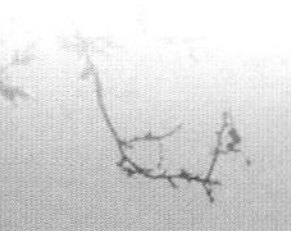

2부 자연 속에서

1부

길과 나

길 여행 독서

길 여행은 몸으로 하는 독서
그 독서는 뇌를 식히는 여행
길 여행 독서는
아름다운 소양 저축의 종잣돈
식물원 동물원 박물관도 있다
종합운동장이며 체험 현장
길은 몸으로 읽는 독서실
오늘도 독서실 가는 길 나선다.

첫차를 타든 막차를 타 보자

바쁜 일상에 휘말리지 말고
가끔은 첫차를 타 보자
첫차는
달리는 차 안에서는 나만의 명상 시간이다
지친 군상들과 충돌하지 않아 좋고
생동감 넘치는 모습을 보고 힘이 생기고
지친 모습을 보고 애잔한 마음을 가질 수 있다
사오정을 생각하고 오륙도의 의미도 생각하며
오늘도 건강한 하루를 잠시 기원할 수 있어 좋다
막차는
무엇인지 모르는 일상에 찌든 모습을 잊어버리고
오늘을 조용히 정리할 수 있는 시간을 준다.
벌써 12시다, 벌써 내일이다

2006년 05월 10일

이른 아침 전철 풍경

아주머니는 한 손에 김밥을
아가씨는 한 손에 햄버거를
둘 다 똑같이 다른 한 손에 핸드폰을 들고
삶의 현장으로 향하는 전철 안의 모습이다
간식 먹기를 마친 두 분
한 분은 집 아들에게
냉장고 속 밥 챙겨 먹고 학교 잘 다녀와라
한 분은 응 아직 대림역이야 하며
통화하는 모습
그다음은
한 분은 쏟아지는 졸음을
못 이겨 졸기 시작하고
다른 한 분은 가방 속에
거울과 기초 화장품을 꺼내
칠하고 닦기를 계속한다
이른 아침 전철 현장은 생기가 넘친다.

2006년 12월 7일

똥오줌 비우듯 시원스레
용문사에서

똥오줌 비우듯
시원스레 세월아 가는 거니 오는 거니
여한 없이 살고파도 여한이 남는다.
잘되면 뭐 하니 하다가,
그래도 잘 되어야지
다이어 반지 가지면 뭐하니
그림에 떡인 것을
세상이 돌아가야지
거기서 나도 돌고 우리 마음도 돌고
돈도 돌고 그래야 사는 거야
일할 맛이 나야 살맛도 나는 거야
똥오줌 비우듯 시원스레
마음 조금 비우고 그래 우리 손잡고
잔 한 번 들고 함께 부딪쳐 보는 거야
이게 우리고
이게 우리가 사는 모습이길 바라며

2007년 7월 18일

나도 이제부터 느긋하게 걷고 싶다

돌이켜보면 참 무던히도 걸어온 우리가 아닌가?

초, 중학교 시절에도 걸었고,

군 생활에서는 걷는 것도 부족해 뛰었고

모두가 걸어온 것인지, 걸어간 것인지

이때 걷기의 의미는 따로 없다.

그냥 걸어야 하기 때문이다.

그런데 어느 순간부터 걷고 싶어도

걷기 힘든 시절이 되어 버렸고

사무실 의자에 앉아

늘어난 뱃살을 걱정하는 상황이 오고

그 상황이 안타까워

걷기는 하는데 한 걸음도 진전이 없는

쳇바퀴 위에서 걷고 있는 것이다.

헬스장 러닝머신 이야기다.

그런데 이제는 걷는 모양새를 달리해야겠다.

과 소유의 습성을 버리지 못하는

어리석은 나를 깨우치기 위해서

배낭을 메고 과 소유의 부작용을 체험할 수밖에 없다.
자신의 테두리 안에 얼마나 많은 것을 사다 나르고
평판과 외모와 지위, 지식에 얽매여 살아왔는가.
그것들을 소유하고 유지하는데
엄청난 시간과 열정을 들이고
혹시나 쌓아 올린 것들이
부서지지 않을까, 무너지지 않을까,

노심초사하며 평생을 살아오지는 않았는지.
이러한 삶에서 벗어나 한 번쯤 자신을
되돌아볼 필요가 있다고 생각이 든다.
나는 가볍게 다닌다는 것이
단지 짐의 양의 문제가 아니라,
그 짐 때문에
일상생활에서 정말로 중요한 일에서부터
멀어지는 일은 없었는지를 생각도 해보고,
스트레스를 가중시키는 일은 없었는지,
쓸데없이 많은 짐을 지고 걷지는 않은지

잡다한 것들을 과감하게 털어내지 못하고
끌고 가고 있지는 않은지
많은 짐을 지고 있어도
결국 빈손으로 떠나야 한다는 진리를
느긋하게 걸으며 음미할 참이다.
"기름기부터 빼고 가벼워질 때까지 느긋하게"
이제껏 우리는 멀리 왔고
아직도 먼 길이 우리 앞에 남아 있다.
《느긋하게 걸어라》 책 속에 나오는
에드워드 셸러 어느 노 수녀의 이야기를 듣고.

2007년 7월 24일

같이 가고 싶은 사람

향이 좋은 차가 아니더라도
닫혀 있던 가슴을 열고
감춰 온 말을 하고 싶은 사람이
꼭 한 사람 있었으면 좋겠다.
암담한 기억들을 말하면
그냥 그래 그럴 수 있겠구나 하며
고개를 끄덕이며
동정 어린 눈으로 보아주는 사람

앞으로 얼마 남지 않은 삶을
착하게 살아볼게 하면
그래 조금은 긍정적으로 말하며
마음을 알아주는 단 한 사람

마주 앉은 찻잔이 식어 갈 때까지 말은 없지만
마음속으로 따스한 인생을 말해 주며
슬픔, 기쁨이 문제가 되지 않는 사람
그래서 기억하고 싶고

그래서 나의 보호자처럼

그대가 있기에

지금 마음 흐뭇하구나 하며

같이 가고 싶은 사람이 있었으면

2008년 7월 17일

예쁜 가을이다

예쁜 가을이다
능금 밭 능금이 빨갛게 익어가고
능금 밭 주변엔 아름다운 코스모스가 하늘거리고
그 들녘에 훈훈한 가을바람이 향연 하고 있다
뒤질세라 고추잠자리 옆에 대추나무
그 옆에 밤송이,
그 옆에 해바라기가 웃고 있다
하늘, 땅 보고 그리고 소리 없이 지나치는
가을바람을 보고
머지않아 또 하나의 가을 전령
국화가 특유의 향을 안고 오겠지
벼가 무르익어가는 논둑길을 걷는다.

2009년 10월 21일

강둑을 걸으며 낙동강 마지막 코스

낙동강 천삼백 리 걷기 행사
나는 정확히 천 리 길밖에 걷지 못했다.
7, 8월 폭염에도, 12월 눈보라에도
내려갈수록 혼탁해지는 그 강물을 보며
자꾸만 낮은 곳으로 흐르는 그 강물을 보며
마지막 을숙도에서 강의 의미를 추스러본다.
바다는 역시 바다다
태백산 신선수도, 공단 폐수도 어울려 수용하고
그 마음 승화되어 다시 물을 내리고 맑은 물을
지구 멸망까지 보듬을 준비를 하고 있다

上善若水
(최상의 선은 물과 같다)
流水不爭先
(흐르는 물은 먼저 가려 애쓰지 않는다)
水善利萬物而不爭
(물은 만물을 이롭게 하면서 다투지 않고)

노자 《도덕경》이 나온 말들이다
그 의미를 찾으려 애도 써 본다

산에 왜 가는지 묻듯이
강가를 왜 걸었는지 묻는다.
낙동강 천 삼백 리 종착지 을숙도에서

2010년 2월 16일

느리게 걸어 보자

충청도로 시집온 경상도 새댁 사투리가 생각이 난다
토끼와 거북이 생각도 난다
교통 대란으로 정체되는 흐름, 그 속에서도
여유를 갖지 못하고 액셀을 밟는 발
매일매일 빠르게 이루어지길 바라는 우리들의 일상에서
느림은 일상의 경험을 통해 가질 수 있는 여유이며
빠름 뒤에 숨어 있는 미학
우리 주위에 '빨리'라는 단어에 익숙해져 있다
외국인들이 한국에 오면 가장 빨리 배운 단어이기도 하다
나이에 비해 세상 물정 너무나 잘 모르기에
외로움과 공허함을 여행으로

(그것도 아주 느리고 천천히)
걷고 싶은데

'빨리'라는 단어의 억압 땜에
마음처럼 안될 때가 많아

마음과 꿈속으로만 하는 여행이 많다
요즘 제주도 올레길을 비롯해
지자체 이름으로 둘레길을 많이 만들고 있다.
자동차보다 자전거로, 자전거보다 두 발로
느림의 투어를 꿈꿔 본다.
오늘도 안양천, 하늘공원, 행주산성 4시간
너무 빨리 걸어 왔나?

2010년 9월 18일

길 찾아 방황 중

날이 갈수록 '이게 아닌데'라는 생각만 들고
어느새 나의 방향이 결정되어 있고
나 생각을 하게 되고,
내 길을 찾고 싶고
정신적 육체적으로 좀 쉬고 싶다는 지경에 이르고
그 뜻대로 되지 않음을 알게 되고
산꾼 박원식 선생이 말하는
양처럼 순한,
보름달처럼 충만한 그런 산을 가고 싶고
길꾼 신정일 선생이 말하는
도반들을 찾아 길 위에 서면 함께 길을 걷는 사람일 뿐
모두가 평등하단다.
길 위에 선 이들은 나이나 지위 여하에 상관없이
모두가 학교이며 스승이라는
그런 길을 찾고 있다

2010년 9월 16일

강촌 마지막 우등열차를 탄다

강촌에 간 까닭은

어제저녁은 열아홉 송년회를 마쳤다

아침 되니 여보님이 중얼거린다.

오늘이 무슨 날인지 아느냐고 그렇구나!

34년 전 합방하는 날이구나.

강촌 마지막 열차란 뉴스가 나온다.

갑자기 강촌 가자고 한다.

그놈의 기념을 왜 그리 챙기는지

적당한 계획도 없어 멍석말이 당한다.

예약 시간도 없이 무조건 청량리역

챙기는 것도 없다 물병 하나 달랑

만원 열차 화장실 옆 겨우 둥지를 튼다.

강촌은?

검봉산, 구곡폭포 삼악산 산악회의 활동 무대

말이 우등이지 역마다 정차를 하고

강촌에 도착하니 12시 30분

우선 허기진 배를 닭갈비로 채우고

구곡폭포까지 걷고 사진 몇 컷 남기고

오늘의 하루 겨우 면피하는 날이다

이렇게 경춘 마지막 우등열차를 보냈다

방문을 연 순간 의미 모를 웃음이 난다

2010년 10월 24일

너무나 긴 구정 연휴 나들이 강화도

혼자 가는 길은 외롭다
하지만 지나온 길을
뒤돌아볼 수 있는
아름다움이 밀려오면
늘 가슴 뿌듯함이 있어
외롭지 않다
그 길은 전혀 다른 길이지요
지금껏 같은 길을 보지 못했어요.
새로운 그 길은
늘 새로운 아름다움이 있어요.
내일도 그런 길을 갈 것이다
너무 긴 구정 연휴 강화도 나들이다

2011년 2월 11일

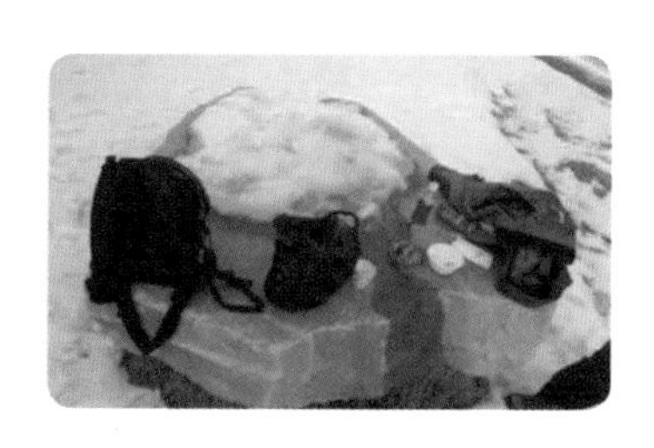

용문사 입구에서

나는 지금 어디쯤 가고 있나
용문사에 갔으나
아무도 말해 주지 않았다
그러나 선현님들께서
1, 2등 마라톤이 필요 없으니
그냥 가던 길 가라 한다.
용문사 푯말 입구에서

2011년 5월 7일

길을 가다 돌을 보시거든

길 가다 돌을 보면
그냥 돌로 보시게
까닭 없이 차 버리지 말고
그리고 혹 저게 돌부처 아닌가 생각도 말고
평상심으로 지나쳐 주게
그게 돌에 대한 보시일세.
그래도 마음 언짢으면
합장 절 한번 해주시게
혹시 삼재팔난을 면할지 모르지 않은가
피곤한 다리 소리 없이 달아날 것이네
돈 들이지 않고 하는 보시

무재칠시(無財七施) (《잡보경, 雜寶經》에서)
화안시 : 온화한 얼굴
안시 : 고운 시선
지시 : 아름다운 길 안내
좌상시 : 자리 양보
언 사시 : 고운 찬사

신시 : 무거운 짐 들어주기

심시 : 베품

하루에 몇 개나 할까?

불암산 입구에서

2011년 6월 3일

나 지금 어느 길을 어디쯤 가고 있나

나 지금 어느 길을 어디쯤 가고 있나?
길은 우리에 인생길과 흡사하지 않나 싶다
긴 역정에서 그 길을 걸으며 인내하고 참으며
그 길에서 갈고 닦으며 그래서 道人이라 했던가?
길을 가다 길을 잃고 시행착오를 반복하고,
아름다운 길을 만나기도 하고
암울하고 험난한 일들이 길 만큼 많을 터
그런 길을 걷고 목적지에 이르면
분명 아름다운 미소가 있을 것이다.
오늘도 어떤 길인지 알 수 없지만 길을 나선다.

"나이 드는 것은 길을 걷는 것과 같다,
걸으면 걸을수록 숨은 차지만 시야는 넓어진다"
-《노년의 아름다움》(지미 카터 어록 중에서)

갈림길 - 갈라진 길. 길 없는 길 - 최인호 님의 소설 제목
꼬부랑길 - 여러 굽이로 꼬부라진 길.
꽃길 - 꽃이 줄지어 피어 있는 길.

나그네길 - 나그네가 가는 길.

둘레길 - 기존에 있던 길을 지자체에서 돈 들여 만든 길.

바른길 - 쭉 곧은 길. 도덕에 맞는 길. 비단길 - 실크로드.

비탈길 - 비탈진 언덕의 길. 산길 - 산속에 난 길.

숲길 - 숲속에 있는 길. 언덕길 - 언덕으로 난 비탈진 길.

올레길 - 제주도에만 있는 손님맞이 길

인생길 - 산전수전 다 겪고 걸어온 그리고 걸어갈 우리의 길

지름길 - 가깝게 질러서 가는 길. 철길 - 기차가 다니는 길

첫길 - 처음으로 가 보는 길. 큰길 - 넓은 길.

하룻길 - 하루 동안 걸어서 가 닿을 수 있는 거리.

한길 - 사람이 많이 다니는 넓은 길. 황천길 - 죽음의 길.

위 수많은 길 중에 어느 하나의 길로

2011년 10월 19일

길에 대한 잡념

산길, 들길, 뚝방길, 그리고 인생길
그 길 위에 내가 있음을 경이롭게 생각한다.
2008년 낙동강길을 걷고부터 제법 길을 걸었는데
길을 걷기에 좋은 길 순서를 나열해본다.

1. 혼자 걷는 길 : 평온한 길
마음대로 상상하고 마음대로 쉬며 걷고 자유로운 길

2. 둘이 걷는 길 : 갈등의 길
이길 저길 하며 다툼이 꼭 있다
걷기가 끝나면 조금 후회한다.
저 길이 더 좋았을 텐데 하며

3. 단체로 걷는 길 : 덤덤한 길
가이드가 가는 대로, 시간에 구속되어
아무 생각 없이 자잘 대며 간다.
돌아보면 어떻게 걸어왔는지 생각할 겨를이 없어진다.
요즘은 자동차, 기차, 버스, 비행기가

그 길을 빼앗고 그 길을 차지하였지만
어떻게 걷든 우리 인간은 걷는 동물이다
인생길처럼 그 길 위에 사색과 애환과 철학과
시와 낭만이 있으면 금상첨화
그 길을 정신과 육체적 조건이 허락하는 한
걸어야 한다는 생각은 변함이 없다

2013년 3월 20일

바로 지금 떠나야 할 시간

살다 보니 가끔 그럴 때가 있다.

그 무엇도 확실하지 않은

그래서 길 가다 우두커니 서서

망설이는 그럴 때가 있다

바로 그때가 떠날 시간인가 한다.

정용철 님에 글 한마디 옮겨 본다

몸이 가는 길은 걸을수록 지치지만

마음이 가는 길은 멈출 때 지칩니다.

몸이 가는 길은 앞으로만 나 있지만

마음이 가는 길은 돌아가는 길도 있다

몸이 가는 길은 비가 오면 젖지만

마음이 가는 길은 비가 오면 더 깨끗해진다.

몸이 가는 길이 있고

마음이 가는 길이 있습니다.

몸이 가는 길은 바람이 불면 흔들리지만

마음이 가는 길은 바람이 불면 사랑합니다.

오늘은 몸보다 마음이 먼저 길을 나섭니다.

2014년 1월 20일

가을이 오는 길목에 서서

그 무덥던 여름이 가고 가을이 오는 길목에
아름다운 가을 단풍들과 들판의 황금빛 오곡들
잠자리는 아스팔트 위에서 막바지 일광욕하고
허공에 공중제비를 한다.
여름 한 철 노래 부르던 매미는 가고
뒤뜰에는 귀뚜라미 울고 가을이 오면
책도 좀 읽고, 더 많은 길 공부를 해야겠다고
그림을 그려 본다
작년에 비해 태풍은 미약했지만
세월호의 쓰라린 상처가 할퀴고 간 뒤안길
어느 누가 쓰다듬어 줄까.
이 허전함과 공허함은 심신이 늙어감 때문일까
오고 있는 이 가을은 우리에게 어떤 모습을 보여줄까
가을이 오는 길목에 서면
왠지 풍성한 오곡백과가 그려지지 않고
이별을 준비한다.
뒤따라오는 겨울을 위해서

2014년 9월 3일

오늘 즐거운 길 걸었나

인생은 나그네길이라 한다.

길 떠나기 위해서 존재함이 아니고

돌아오기 위해 존재하는 것이 아니더냐.

선사들이 묻는다.

어디로 가십니까? 어디서 오십니까?

그 대답을 할 수 있는 사람 흔치 않다

자신이 실종되어 가고 있다는 사실조차 모르고

길을 가고 있기 때문이 아닐까

길을 가는 데 가장 불편한 장애물은

자신이란 걸 아는 이 얼마나 될까

그런 험난한 길을 가면서

자신의 욕망을 내려놓는 즐거움을 느끼고

편안한 길을 가면서 자신의 욕망을 채우며

즐거움을 느끼면서 가 보자.

편안하고 험난한 길

그 어느 길도 종착지는 하나다

즐거웠나, 아니면 고통이었나 중

2014년 9월 18일

걷자, 틈나면 걷자

인생 그 여정에서 걷지 못하면 끝
그의 종말은 비참함 뿐이다
걷는다는 것은 생명을 유지하고 있음이다
다리는 그래서 소중하다
100여 개의 관절 중에 무릎은
가장 많은 체중의 영향을 받는다.
건강하게 오래 살려면 우유를 마시는 사람보다
우유를 배달하는 사람이 되라는 말이 있다
《동의보감》에서도
약보다는 식보요, 식보보다 행보라 했다
서 있으면 앉고 싶고 앉으면 눕고 싶은
일흔을 향하고 있는 나이
박차고 일어나자 트레킹화 신으면 준비 끝
뒷산도 좋고 강가도 좋고 숲길은 금상첨화
그 어느 길을 가도
거기에는 부지런한 사람을 만난다.
거기서 부드럽게 늙어가는 모습을 본다

2015년 3월 10일

고려산에 봄이 온다기에

긴 침묵을 깨고 봄이 온다기에
동호 카페님 들은 경주 벗길 가고,
군산 비단길 가고, 양평 물소리길 가고
나는 주섬주섬 배낭을 메고 강화도 고려산으로
그 봄을 확인 하러 간다.
언제나처럼 막걸리 두 병 김밥 두 줄이 전부다
목표를 둔 시간은 없다
10시쯤에 전철 5호선으로, 송정역에서
3000번으로 강화터미널에서
백련사 방향으로 순환 버스로 환승 입구에 오니 12시다
생각보다 봄은 아직 이르다.
개나리와 함께 생강나무 꽃이 봄의 전령되어
오르는 산길을 상쾌하게 해주고
성질 급한 진달래꽃 한두 송이가 봄을 위안해준다.
양지바른 묘지 앞에서 아침 겸 점심을
막걸리와 김밥으로 때우고 하늘을 보니
오늘따라 청명한 하늘과 실바람이
길을 나서 길 잘했다고 위로한다.

고려산 정상에 진달래는 피지 않았지만

다가올 봄에 진달래 향연을 생각하며

봄맞이 산행을 마친다.

2015년 3월 28일

어제 그 길을 오늘도 걸으며

오늘도 어제 그 길을 걷고 있다.
어제 그 길이지만 같은 길이 아닙니다.
햇빛이 다르고, 바람이 다르고, 구름도 다른
그 길이 어제는 풀잎이었고, 오늘은 꽃잎
햇빛을 먹고, 바람을 먹고, 빗물을 먹고
그렇게 계절을 보내며 나뭇잎이 바래고
빈 가지가 되고 모든 게 어제 그 모습이 아닙니다.
매일 같은 날을 살고 같은 길을 걸어도
그 풀잎, 그 나무, 그 햇빛이 다른 것처럼
언제나 같은 길이 아니었음을 알았습니다.
지금까지의 길은 잘못된 길은 아니었고
후회하지 않으니 만족입니다.
하나 더 가지려는 욕심 내리고
가지 않은 길을 가려는 욕심도 내리고
오늘도 어제 그 길에서 길을 찾고 있다

2015년 8월 20일

어제 같은 오늘이 아니어도

매일 같은 길을 걸어도
같은 골목을 지나도
매일 같은 길은 아니었습니다.
어느 날 내가
그 길 위에 있다는 것을 느꼈을 때
역시 같은 길이 아니었음을 알았습니다.
매일 아침 집을 나서
저녁이면 돌아오는 하루도
매일 같은 하루가 아니었습니다.
어제 같은 오늘이 아니었습니다.
오늘도 그런 길을
그런 하루를 가고 있습니다.
편안한 길
편안한 오늘이 아니어도
가고 있습니다.

2015년 11월 10일

염색되지 않는 길

평생을 가도 다 못 걸을 길
나를 알아보는 사람 하나 없는 길
그래서 누구든 상관없이 편히 갈 수 있는 길
수십 명씩 어울려 목적지 가기에 바쁜 길 말고
촌음을 다투며 질주하는 고속도로 말고
완행에서 KTX로 바뀐 기찻길 말고
논두렁길도 좋고 오솔길도 좋고
둘레길은 더욱 좋은
그런 길을 오늘도 나는 걷는다.
혼자여도 좋고 둘이면 더욱 좋은 그런 길을
봄기운 물씬 풍긴 새싹들을 보기 위해서 가고
운 좋게 쏟아진 소나기를 만나기 위해서 가고
산봉우리 위로 두둥실 떠가는
뭉게구름을 보기 위해서 가고
염색하지 않은 자연 그대로를 밟기 위해서 가고
또 운 좋으면 포근히 내리는 눈꽃 송이도 맞고
자연의 신비와 어우러진 그런 길을

2016년 1월 16일

길 여행 독서

여행은 몸으로 하는 독서
그 독서는 뇌를 식히는 여행
길 여행 독서는
아름다운 소양 저축의 종잣돈.
식물원 동물원 박물관도 있다
종합운동장이며 체력 단련장
길은 몸으로 읽는 독서실
오늘도 독서실 가는 길을 나선다.

2016년 6월 25일

이른 새벽 아침을 열고

이른 새벽 알람에 의지해 5시 30분에 잠을 깨우고
세면 10분, 걷기 10분, 전철 타기 10분,
환승 또 전철 타기 10분
잠잠한 한강 물을 보며
오늘의 기상을 예측해보며 다시 코레일로 환승
전철 반 국철 반을 탄다.
지금부터 나만의 공간
목적지까지 정확히 45분 걸린다.
대화는 없었지만 꼭 그 자리에 탑승하는 어르신들
먼저 앞 좌석 1960년대 주역들에게 눈인사 나누고
명상 시간을 갖는다.
요즘처럼 전철 속 시원한 에어컨은 나에게 금상첨화
우선 배낭 속 책을 들추면 15분은 간다,
책 내용은 알 바 아니고 잠시 책 속에 한 줄 검색하며
좋은 글들을 뒤적이다
그러고는 오는 졸음을 주체못하고 졸아 버린다.
(가끔은 목적지를 지나친 경우도 있음)

2016년 7월 25일

먼길을 걸어온 뒤를 보면서

사람은 누구나 정상을 좋아한다. 특히 산악인들은
그러나 누구나가 다 정상에 오르지는 못한다.
땀과 집념 그리고 정신적 고통과 인내를 쏟아
정상에 오르면 구름도, 산천초목도 발아래인 것을
정상에 서 본 사람은 알 것이다
우리 주변은 어떠한가?
권력과 재력으로 정상에 서 보기 위하여
비정상인 것을 모두 동원해도 어렵지 않은가?
정상에 올라 오래 머물고 싶어도 금방 내려온다.
산에서 어둡기 전에 내려오는 것처럼
산을 오르든 권자에 오르든 유념할 게 있다
산은 오르면서는 땅만 보지 말고 풀잎 하나 꽃 한 송이
이름 모를 벌레에게도 눈길 주고
권좌에 오르면서는 돈과 명예만 보지 말고
주변 다른 이 에게도 정을 주고 눈길 주고
이것이 정상을 오르는 자의 아름다운 덕목 아니겠는가?
그러나 어이 하나 더 늦기 전에 내려와야 하고
늦기 전에 내려놔야 하는 게 순리 아닌가.

낮은 산이지만 정상은 몇 번 올라 보았지만
권좌의 정상은 별로 없었던 것 같다
낮은 산 아니면 길이라도 꾸벅꾸벅 길을 걸으며
두 정상의 그림을 새기며 걸어온 뒤를 돌아본다

2016년 8월 19일

길 위에서 여유를

오늘도 걸으면서 왜 걷는가?

육 해 공 교통수단이 넉넉하지 않았던 시절이나

초고속 교통수단이 넉넉한 요즘이나

걷기란 언제나 우리 곁에 늘 함께 있어 온 삶이다

아직도 길들여 지지 않은 물음표를 앓고 밖을 나선다.

걷기는 건강에 좋다

그래서 단순히 걷기란 이동 수단을 넘어서

몸이 건강해지고 몸이 건강하니 마음이 편안하고

그래서 모든 의학적 유사어를 총동원하여

걷기를 권장하고 있다

언제부터인가 지자체에서

둘레길, 올레길을 치장 하고 있다

전 국토가 둘레길 화 되어 가고 있다

그 길 위에서 조급하고 위급한 삶의 고통과

시름의 짐을 길 위에 놓고 간 앞서간 사람의 발자국,

옆 사람 발자국, 뒤 사람 발자국도 보며

다른 사람들이 달려간다고 달리지 말고 천천히 걸어보자

그래도 힘들면 잠시 쉬면서

숲 사이 맑은 하늘, 구름도 보며

달려만 왔고 뛰어만 온 님이여 또 다른 여유를 찾자

길에게 그 길을 물으며.

2016년 9월 10일

내일도 그 길을 걸어갈 것이다

오늘도 그 길을 걸으면서 땅만 보고 걷지는 않았는가?
앞을 보라 앞서간 자들의 발자국을 보라
길가에 한 송이 꽃을 눈길 한번 주지 않고 걷지는 않았는가?
옆을 보라 손잡고 가야 할 자가 있을 것이다
햇살에 흘러가는 구름의 아름다움에
눈길 한번 주지 않고 걷지는 않았는가?
흘러가는 구름, 떨어지는 낙엽 보고 시 한 줄 금상첨화
일상에서 조그마한 것에 만족할 수 있는 그런 행복
그러나 어디 그 쉽게 그리됩니까, 그게 삶인 것을
뒤를 보라 부축해야 할 자가 있을 것이다
새로 산 휴대폰 사용이 어렵다고 들고만 다니지 말고
비싼 돈 주고 샀는지를 생각하며
그저 아무렇게나 이것저것 작동을 시켜보라
육십 후반이 되니 이 몸 구석구석 아파 오기 시작하고
가까웠던 지인들은 하나둘 귀천의 길로 떠나가고.
꿈과 소망은 점점 나약해져 멀어져 가고 있다
힘들면 쉬면서 뚜벅이처럼 그 길을 걸어갈 것이다

2017년 1월 26일

길 떠남은

길을 떠난다는 것은
길 끝이 있다는 것이고
그 끝에는
뭔가 있음을 의미함이 아닌가?
그것이 환희 고통일지라도
그 무엇이 길 위에는 있다
길을 가다 묻는다.
내가 이 길을 가도 되느냐고
이 길이 맞느냐고
이미 와버린 그 길 속에
그런 길이 있었는데 지나침에
여한을 앉고 물어본다
이 길밖에 없었는가 하고

2017년 11월 10일

길의 선택

지금껏 걸어온 길이 최선이었다.

자부하면서도

가지 않은 길을 선택함에 있어

어느 길로 갈지 갈등과 고민이 늘 있다

그렇지만 어떤 길이든

여지없이 선택하고 가고 있다

이것이

길의 숙명, 묘미란 걸 알았다

2017년 11월 19일

모처럼 시골 면 소재지 기행

모처럼 기계면 면 소재지를

한 바퀴 돌아보았다

다방이 유난히 많았다

뭉클한 詩碑도 보았다 기계면이다

다방이 23개

청자, 정, 은호, 미소, 과명, 호걸, 말순이,

낙원, 봉, 소라, 꽃, 향, 은, 대우, 명, 해경, PC,

능금, 옥, 은행, 정우, 귀빈, 돼지, 등.

다방이 많은 이유를 연구 중이다

2018년 4월 30일

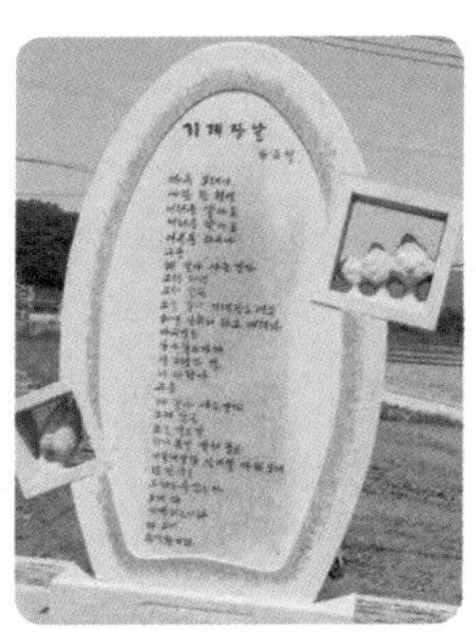

눈물이 나올 때까지

눈물이 안 나도록
외로운 적 있는가
슬퍼서 너무 슬퍼서
눈물이 메마른 적 있는가
나는 없었다.
그래서 나는 덜 살았다
눈물도 없이 살아왔구나.
그래서 난 할 일이 많다
눈물이 나올 때까지
남한강과 북한강을
눈물 나도록 걸을 것이다

2018년 5월 25일

가도가도 알 수 없는 길

십 리에 인기척 없고

산은 비었는데 봄새가 운다.

중 만나 앞길을 물었으나

중 가고 나니 길은 도로 헷갈려

선조 때의 문신인 강백년(姜栢年)의

〈산길〉이라는 시이다.

길이란 참 묘하다

아니 여러 가지다

그러기에 길을 자주 잃어버리기도 한다.

산길 같은 우리 인생길에서 더욱 그렇다.

반듯한 길, 가시밭길, 험한 길,

아무도 가지 않는 길

오늘도

누구도 알아주지 않고

대신해주지 않는

삶의 무게에 짓눌려

허우적거리며 길 위에 있다

2018년 8월 14일

내가 걷는 이유

내가 걷는 이유
산길 가다 보면 산이 있고
강길 가다 보면 강이 있고
들길 가다 보면 들풀이 있고
갔던 길을 또 가도 갈 때마다
다른 느낌을 준다.
그 길을 하염없이 가려고 한다.
그 종착역에 나와 자연이
하나가 될 때까지 그 길을

2018년 11월 14일

늘 다른 길

매번 가는 길이다

그러나 매번 다르다

갈 때 다르고 올 때 다르고

봄, 여름 가을 겨울 다르고

꽃길 낙엽 길 눈길로 다르고

아침 점심 저녁마다 다르다

갔던 길을 또 가고 있다

2018년 12월 5일

꼬부랑 부부 꼬부랑길

용문 가면 꼬부랑길이 있다
오늘은 두 꼬부랑이 그 길을 걷는다
용문역이다. 3번 출구로 나와
흑천 징검다리 건너니 추읍산 등선
역시 산길은 꼬부랑이다
계곡엔 아직 잔설이 남았는데
진달래 동백나무 산수유는
아랑곳않고 움 틔운다.
산바람은 미세와 관계없이 시원하다
산바람 좋아하는 마누라 옆에서
꼬부랑 기분 맞추니 좋아한다.
꼬부랑길은 역시 꼬부랑한테 적당한 길이다
산수유 만발할 때 또 올게 한다.

2019년 3월 7일

그 길을 가야 했다

이게 아닌 데 하는 갈등과 후회와
맑았다 흐렸다 하는 인생의 단면들
행, 불행의 척도조차 가늠하지 못한 채
방향과 속도의 조절 없이 멀리 와버린 시간 들
머지않아 해탈의 반열에 오를 것이다
가지 말라고 하는데 가고 싶은 길이 있었고
하지 말라고 하는데 하고 싶은 일이 있었다.
그것이 인생이고 그리움이고 길이였다
길을 잘못 들었을 때 가끔 아름다운 곳이 나올 때가 있다
생각만 해도 아름다운 곳도 있다.
어제 남겨놓은 길이 그 길이다
그 길은 시간을 낭비하는 즐거움이 있다
오늘도 그 길을 가야 하는 이유는
그런 길이 거기 있기 때문이다

2019년 4월 11일

운수 좋은 날 茶山길

그 길이 그 길 아니네.

8년 전 걸었던 그 길인데

그 길이 아님을 알았다

내 몸도 그 몸이 아님을 알았다

몸과 마음의 합의하에

큰맘 먹고 나선 茶山길

하늘이 푸르니 산도 강도 푸르다

덤으로 내 마음도 푸르다

오늘 같은 날은 운 좋은 날이다

고맙다 하늘아 강아 바람아

남한강 강변은 사철 걷기에 좋다

특히 오늘은 운수 좋은 날이다

길을 나서면 가끔 이런 날도 있다.

2019년 5월 21일

길에게 또 묻는다

여보게, 지금 어디쯤인가?
길에게 묻는다.
그리고 어디까지 갈 수 있는가?
다시 묻는다.
저 하늘 구름에게
흘러가는 저 강물에게
물어보라 하네.
구름아 강물아 그대가 부럽구나.
열 걸음 걷다 아홉 번을 돌아봐도
아홉 번 모두 아름다워 보이는 길
아름답다 좋다는 말 외
그 어떤 수식어를 찾지 못하고
중얼거리며 그 길을 간다.

2019년 7월 26일

오늘도 그 길 위에서

사람들의 표정과 속도에

내 눈과 귀를 의심한다

지하철을 타기 위해 뛰고,

닫히는 문 속으로

신문을 끼우고 몸을 던진다.

2분 뒤면 다른 지하철이 올 텐데

그렇게 급한가?

나는 오늘부터 1분 늦게를 설정하고

밝은 표정 짓기로 설정했다

여유를 가지고 조급해하지도 후회도 말며

조금씩 천천히 내 빛깔의 길 따라가기로 했다

앞뒤 그리고 옆 사람들도 보면서

신념을 가지고

좀 더디고 험하고 힘이 들더라도

한 걸음 또 한 걸음

더욱 천천히 주어진 길을 걷기로 한다.

2019년 9월 13일

아름다운 갈림길

산 중턱쯤은 오를 수 있으리라 생각했는데
중턱도 안 되고 둘레길만 찾게 되는구려.
길에서 두세 정거장은 걸을 줄 알았는데
차를 타야 되는 구려.
불의를 못 참았는데 지금은 슬슬 피하게 되고
다 아는 줄 알았는데 알고 싶은 게 더 많아지는구려.
모든 게 편해질 줄 알았는데
더 많이 배우고, 더 많이 이해해야 하고,
알아야 할 게 더 많아지는구려
그동안 한두 권 모아두었던 책들을 차 한잔 마시며
읽는 즐거움이 있을 줄 알았는데 몇 꼭지 못 읽고 마네.
인생이라는 여행길 위에 가끔 이런 갈림길이 나오네.
쉬어갈 곳도 꽤 많았는데 아쉬움이 많네.
쉬어갈 곳을 만나면 너무 조급해하지 말고
충분히 쉬며 가도 늦지 않다는 걸 알았네.
갈림길에서 아름다운 길을 찾게 되는구려.

2019년 12월 12일

그 길엔 뭐가 있나

새싹 난다고 걷고, 꽃 핀다고 걷고
그 꽃 어루만지고 향내 맡으며 걷고
그 길들에서 정이 들었고
단풍 보며 걷고, 눈보라 맞으며 걷고
그 길들에서 그리움을 만들었고
그 길들이 내 일생의 길이였고
내 인생의 한 축이 되어 남았다
그 길은 울퉁불퉁했었지
그 길은 힘내라고 하며 위로를 주었지
요즘은 꽃피고 낙엽 지는 것을 보고
아 ~ 아 꽃이 피고 낙엽이 지는구나.
그 길이 인생길이었지 하고 있다
그 길과 이별하는 순간 과거가 되고
그 과거는 아름다운 추억으로 남는다.
그런 길을 유난히도 좋아했지

2019년 12월 15일

쉬엄쉬엄

오르막 내리막길

굽이굽이 돌아온 길

외롭고 쓸쓸한 길

나그네길, 인생길

먼길 왔구려.

그리고 그런 길을

가야 하는 구려

갈 때까지 갑시다.

쉬엄쉬엄

2019년 12월 20일

지금은 이 길이다

정해진 하나의 길은 없다
이것은 나의 길입니다 당신의 길은?
길을 물어 온 사람에게 나의 답은
정해진 하나의 길
그런 것은 존재하지 않는다.
-짜라투스트라의 말이다
올 때마다 반갑고 고맙고 사랑스럽다
처음 가는 길은 더욱 그렇다
오늘 이 길 지금 이 길이 그렇다
다른 좋은 길은 현재 중요하지 않다
함께 갈 수 없는 길이기에
십 리도 못 가서 발병 나더라도
십 리나 남았는데 얼마 남지 않았다는
거짓 위로의 말 믿고 지금 이 길을 간다.
지금 나에게 주어진 길이기에

2020년 2월 15일

걷는 자의 권리

돌부리 하나에도

스치는 바람에도

나만의 느낌을 간직하고

흘러가는 강물, 구름에도

나만의 느낌을 가질 수 있는

고유의 권리가 있고 의무는 자유

승용차를 타지 않은 이유 중 하나

그 권리는 오늘도 집을 나서게 하고

배낭을 꾸리게 한다.

2020년 4월 19일

코로나 19식 기행

앞만 보고 달려오는 우리네 인생처럼
앞만 보고 달려가는 문명사회의 경쟁
코로나도 그들의 산물이 아닌가 한다.
불과 5개월 사이에
새로운 생활 문화가 생겨났다.
자가 격리 이탈 전자 팔찌
사회적 거리두기
확진자, 확 찐 자, 격리 조치
재난 기본소득 재난 지원금

온라인 종교 활동 원격 수업
카공족(카페에서 공부)
손흥민이 잘한 거냐 왼발이 잘한 거지
류현진이 잘한 거냐 왼팔이 잘한 거지
의료진이 잘한 거다 대통령은 그냥이다
지상파 방송국 난상토론의 현장, 현상들
가정폭력이 급증 생활적 거리 두기
축구 야구 농구 무관중 경기

3차세계전쟁 버금가는

국제사회의 혼돈 속에

오늘은 코로나를 생각하며 걷기다

코로나식 용어로

워킹 스루walking ~through다

양평 지평면 격지(隔地)기행길에서

2020년 5월 5일

감사의 길

구름 바람이 오는 곳을 아는가.

구름 바람이 가는 곳을 아는가.

오고 가는 것을 모를 듯

우리 삶도 구름 바람처럼 지나간다.

기쁨도 슬픔도 그리움도 추억도

그 구름 그 바람이어라

아침에 일어나 숨 쉬고 있음에 감사하고

오늘이 있음에 감사하자

이 또한 구름이어라 바람이어라

모든 것은 한때요

모든 것은 한순간이다.

오늘도 그 순간 가고 있구나.

오늘도 그 순간 잊혀 가는구나.

열 걸음 걷다 아홉 번을 돌아봐도

아홉 번 모두 아름다워 보이는 길

오늘도 정말 아름답다는 말 외

어떤 수식어도 찾지 못한 하루였다

2020년 6월 15일

걷고 싶은 길

가고 싶어도 떠날 수 없었던 길
가벼운 마음으로
워킹화 신고 대문을 나섰으면 좋겠다.
돈 없어도 좋고 시간도 그리 많지 않아도 된다.
인생의 진리가 넘치는
시대와 타협하지 않고
고요히 흐르는 강변이면 더 좋겠다.
거센 바람이 불면 앞가슴 풀어헤치고
따스한 햇볕 아래 땅따먹기를 하며
본디 부질없는 세상에 연연하지 않고
버리고 떠날 채비를 하고 걷고 싶다.
묵묵히 나를 따라오는
기특하고 고마운 내 발자국에 감사한다.

2020년 6월 20일

길 시작 그리고 끝

"길에는 몸이 가는 길이 있고
마음이 가는 길이 있다
몸의 길은 거를수록 지치지만
마음 길은 멈출 때 지친다.
몸의 길은 앞으로만 나 있지만
마음 길은 돌아가는 길도 있다
몸의 길은 비가 오면 젖지만
마음 길은 더 깨끗해진다.
몸의 길은 바람 불면 흔들리지만
마음 길은 사랑을 하게 된다
오늘은 몸보다 마음이 먼저 길을 나선다."
정용철 시인의 〈길〉에 나오는 말이다

길(道)은 시작과 끝이 없고
가까운데 있는 것을 멀리서 찾다 보면
실패와 성공 기쁨과 슬픔 그걸 깨닫고
후회하고 아쉬워하며
비우고 채우며 먼길을 가다 보면

벌써 여기까지 와 버렸나 뒤를 돌아보게 된다.
학창시절이 그려지고, 군대 생활이 그려지고,
사회생활이 주마등처럼 스치다 잊혀진다.
이게 우리네 인생길 메고 있는 보따리 비우기,
고뇌와 욕망 비우기, 가벼운 마음 갖기다
오늘도 끝이 보이지 않는 그 길을 걷는다.

2020년 10월 25일

바쁜 인생이다

한 번 지나간 시간은
영원히 돌아오지 않는다.
영원히 살 수 없는 우리는
매 순간 영원 속으로 가며
시간을 보내고 있다.
이렇게 한정된 현재는
늘 소중한 순간들이다
그 순간들 속에 우리가 있다
흘러보낼 사람 같이 갈사람
토닥거리며 사는 게 인생이다
가면 쓰고 날뛰는 인간은
철저하게 무시 하며 살고
나를 아껴주는 사람에게는
보은하면서 살기에도
충분히 바쁜 인생이다

2020년 12월 30일

오늘도 대문을 나선다

대문 나서면 바로 길이다
인생길 여행길 나그네길
좁은 길 넓은 길 논두렁 밭두렁 길
모두가 길, 길, 길이다
그 길에서 우리는 희로애락한다
태양이 떠오르면
비타민 D로 영양 보충
구름이 흘러가면
내 마음 한 조각 실어주고
바람이 불면
엉크러진 머리 빗질하고
눈이 오면 눈을 맞으며
하얀 마음을 갖는다
비가 오면 비를 맞으며
땀방울 씻어내고
오늘도 길 찾아 대문을 나선다.

2021년 1월 5일

오늘도 만 보 닐리리 맘보다

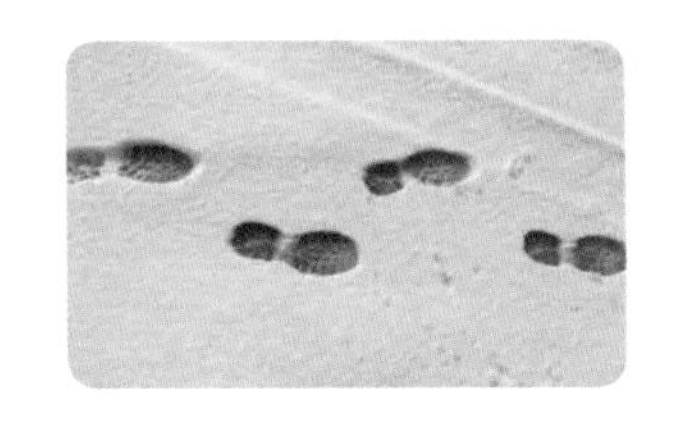

길을 걷는 사람은 길만 찾고

산을 오르는 사람은 산만 찾는다

그런 시절이 지났다

이제는 하루 만 보 걷기다

만보기로 산길 들길 둘레길

중년의 여행 설계를 한다

어렵기도 하고 쉽기도 하다

전철탑승장 왕복 6백 보 420m

버스정류장 간 6백 보 420m

전철역 구간 3천 보 2km

한강다리 편도 2천 보 1.4km

대전 150km 20만 보 20일

부산 477km 70만 보 70일

제주 올레길 425km 60만 보 60일

주변 환경의 견적 들이다

곳곳에 만보를 위한 디딤이 있다

만 보 시작 두 달 20일이다

현재 제주 올레길 일주 끝나고

부산까지 주행 끝났다

이제는 수도권 지역

맛 찾아 강 찾아 산 찾아

길 따라 1일 기행이다

오늘도 만 보 닐리리 맘보다

2021년 2월 15일

인생은 걷기다

인생은 길에 비유되곤 한다.

나그네길에도 비유한다

나름 걸어온 길에서 길을 말하자면

예측불허 상황 그리고 사람을 만난다

그 사람들과 만남 그리고 이별 들이다

배우자 자식들 동창 동기 동료 부하 상관

그들과 어울려 길을 간다

길을 가다 가끔 넘어질 때도 있다.

생각보다 짧은 길,

생각보다 먼 인생길

유난히 느렸던 국방부 시계

의미 있는 시간을 만들지 못한 아쉬움

우리가 길을 걷는 이유는 단 하나

누군가를 만나기 위해서이다.

약속을 잡을 때나, 집에 돌아갈 때나,

학교에 갈 때나, 직장에 갈 때나,

여행 갈 때나, 심지어 슈퍼에 갈 때도

사람을 만나기 위해서 간다.

혼자 걸어가도 편하겠지만,

함께도 괜찮다

함께 멀리 갈 수 있으니까

2021년 2월 20일

길과 나

나의 길은 60년 전
십 리 길을 통학하는 데서 잉테다
그게 길과 나였드라

인생에 산 강 들을 보태고
충구회 나길도 길과 나
우리땅 걷기 둘레길들을 보테니
거기에 내가 있더라

인생엔 총량이라는 법칙이 있다
친구 술 걷기 재력 만남의 한계
그 길에도 내가 있더라

가는 길을 멈추니 나도 멈추드라
내가 가고 있는 같은 길은 없더라
그런 길을 걷고 있는 것이 우리다

인생 총량 법칙에서

점점 줄어져 가고 있더라

그러나

어디를 가든 내 길은 있더라

그 길을 걸어왔고 가고 있는

길에 대한 나의 변명이다

2021년 4월 30일

2부

자연 속에서

봄이 오면

두물머리, 남한강, 북한강
물안개 그대로 왔으면 좋겠다.
횡성 뇌운계곡 구름안개도
노심초사
그 안개 그 구름을
유난히 긴~~겨울 터널에서
기다리고 있었구나.
벌써 순천만에는 매화 소식이다
남한강 북한강 뇌운계곡 섬진강
그들을 그대로인데 괜한 걱정
어제와 다른 변화가 올까 걱정
그 그리움 그대로를 기다린다.

열대야에 잠 설치고

열대야에 잠 설치고 이른 아침
매미도 요란스레 울어 댄다
매미도 열대야에 잠 설친 모양이다
새벽 전철도 역시 무덥다. 첫차인데 자리가 없다.
오륙도, 육이오 세대가 90%다
모두가 조그마한 배낭을 메고 있다
이 모습이 우리 시대, 우리 세대가
가고 있는 모습이 아닌가 한다.
우리 오륙도, 육이오 세대가
100% 전력투구를 위해 산업 현장을
찾아가고 있는 진정한 모습이며 흐름이다
사무실에 컴퓨터도 열대야를 벗어나지 못한다.
오늘은 열대야와 친구가 되기로 했다
내가 열대야가 되는 것이다
조폭이 두려우면 조폭과 친구가 되라고 했다
점심때는 열을 맞이하려 아스팔트 위를 2km쯤 걸어 보았다.
열대야야 와 친구가 된 날이다

2006년 8월 10일

산은 구름을 탓하지 않는다

"산은 날 보고 산 같이 살라 하고
물은 날 보고 말없이 물처럼 살라 하네."
산은 거기 우뚝 서 있으면서 쉬고.
물은 부지런히 흐르고 있으면서도 쉰다.
뚜벅뚜벅 걸어가면서도
마음 놓고 가는 이는 쉬어가는 사람이다.
쉼이란 놓음이다.
마음을 대상(對象)으로부터 해방시키고
관념(觀念)의 울타리에서 벗어나게 하는
고로 쉼에는 어떤 대상이 없다.
고정된 생각이 없고 고정된 모양이 없다.
다만 흐름이 있을 뿐이다.
대상과 하나 되는 흐름
물 같은 흐름과 구름 같은
흐름이 있을 뿐이다.
산은 구름을 탓하지 않고,
구름도 산을 탓하지 않는다.
물이 굴곡을 탓하지 않음은 곧 긍정이다.

원하는 것 그 길은 쉼에 있다

물들지 않고 매달리지 않는 쉼에 있다.

산에 올라 저 구름이고 싶다

북 알프스를 등정하면서

2007년 7월 8일

영롱한 이슬처럼

흰머리가 제법 늘어간다
점점 쳐져 가는 어깨
무거운 짐 다 짊어지고
오늘까지도 삶의 현장에서
자식 걱정 돈 걱정
결코 편안하지 않은 마음까지 뒤범벅
또 다른 자신의 일상을 설계하는데
버겁기만 한 50대 나이
싸늘한 가을 저녁
불 꺼진 창이 더욱 차갑게 보이는 것은 왜일까.
별로 아름답지 못한 청춘 다 지나가고
후회도 소용없는 그 많은 날들
오늘의 젊은이들이 살아가는 이유는
지금의 50대 60대분들의 희생이
있지 않았나 하는 생각도
부질없는 꿈같이 흘러간 세월 속에
못난 자식들 키우느라
남몰래 눈물 훔치며 달려온 그분들

늦가을 풀잎에 맺힌 이슬처럼 영롱한

그렇게 살아온 50대 그 님들을 사랑한다.

2007년 11월 16일

낙엽 몽땅 지다

갑작스레 기온 뚝이다

아침 출근 코트까지 끼워 입고

그래도 싸늘하다

아들놈 면접시험 보러 간다고

두툼한 잠바 입고 가도록 당부하고,

합격에 연연하지 말라 이르고

잠깐 걷는 길거리

가로수 잎 무참하게 떨어져 있다

단풍 되기도 전에

시퍼렇게 멍든 모습으로

갑작스레 온 겨울

무척 추워질 것 같은 느낌이다

대선 정국 등 혼란스러운 아침이다

훈훈한 봄날이 오길 성급한 기다림이다

2007년 11월 24일

고려산에 봄이 가고 있다

친구야?

진달래가 한참 동산을 물들이고 있다

그래서 영취산은 아니지만 고려산 다녀왔다

그 봄의 향연은 대만족이었다

진달래 그 향기 옛적 화전과 진달래 술 그리며

오늘따라 그 시절을 생각 키운다.

그리고 친구야?

뒷산 용왕산 아카시아 가지 위 까치집들이

봄의 푸르름에 밀려 가려지면서

새 둥지를 위해 열심히 새집을 짓고 있다

분당, 수지 걱정할 것 없이 내가 지으면

내 집이 되는 까치집 참 부럽다.

그런데 친구야?

뒷산에 흐드러지게 핀 진달래꽃 따 먹고,

칡뿌리 캐어 맛나게 먹던 시절 그 맛이 좋았지

무공해 자연산이었기에 그러했겠지,

지금 생각하니 그게 보약이고 건강이었지

그래서 친구야?

강가에서 김밥, 통닭, 막걸리 아무리 맛있어도

그때의 추억만큼 재미없어 보임은

욕망과 현실의 갈등을 넘나드는

우리네 갈등이 아닌가 한다.

봄이 오는 둥 가는 둥 여름이다.

친구야 싱그러운 신록이다

2008년 4월 29일

북한산 사모바위 옆에서

간혹 "이 나이 먹도록 뭘 하고 살았나 몰라"하는
한탄을 마음속으로 구시렁거릴 때가 있다
돈도 못 벌었고, 명예도 얻지 못했고
하고 싶은 삶의 목표도 잊고 살고
그러나 잃는 것이 있다면
얻는 것도 분명히 있을 터
그러나 크게 얻은 소득이 있었다.
그것은 '공것'으로 누리는 것들에 고마움
맑은 하늘, 시원한 바람,
새소리, 바람 소리, 물소리, 꽃향기.
봄이면 봄답게, 여름이면 여름답게,
가을이면 가을답게, 겨울이면 겨울답게
담담한 모습을 보여주는 자연에 대한 고마움
모두 패기 넘치는 젊음으로는
느낄 수 없고 볼 수 없는 값진 것들이 아닌가.
그런데 북한산 높이가 매년 2cm 낮아진다고 귀띔한다.
그 공짜의 아름다움을 얻으려는 사람들로 인해

2008년 11월 22일

봄맞이 궁상

봄을 알리는 신호로 경칩이 지나면서

개나리가 꽃망울을 터뜨리며 오겠지

그리고 그리운 봄비도

이젠 봄의 그 소리를 들으러 갈 준비다.

매서운 바람과 한파가

움츠리게 했던 겨울을 뒤로하고

짧게 지나갈 봄을 찾아 나서야겠다.

데이트하고 손잡고 다닐 시기는 아닌 듯하고

봄비, 들꽃, 아침 햇살, 물안개가 있으면 된다.

그들이 있는 곳을 스크랩하고

떠날 준비를 한다.

고려산 진달래, 섬진강 벚꽃 매화

길을 최우선을 두고

기타는 검색하여 덤으로 계획하자.

봄이 빨리 가버리면

안 되는데 금방 여름이 올 것 같다

2013년 3월 6일

반갑다! 가을아

가을이 오고 있다
그렇게 기승을 부리며 폭염으로
몸부림하던 그가 이렇게 갈 것을
앙칼지게 떼를 쓰고 앙탈했었나.
귀뚜라미가 오고, 오곡백과가 오고,
설렘도 오고 있다
그동안 참아준 넉넉한 그대들
절로 풍성한 마음을 열어준다.
유난히 고생스러웠던 올여름
넉넉한 가을이 온다.
무더위에 지친 도시의 영혼들
편안하기에 충분하다
올가을은 유난히 짧다는데
곧 겨울 준비도 해야겠다.

2013년 8월 28일

구름아 가다 힘들면 쉬어가거라

선각자 님들은
빈 몸으로 왔으니 빈 마음으로 살라 하고
집착, 욕심, 아집, 증오 따위를 버리고
빈 그릇이 되어 살라고. 한다.
그렇게 비우고 나야
무엇을 채울 수 있다고 말한다.
그렇지만 여행은 항상 아쉬움이 남는 것
여행 마지막 지점에 도착하는 순간까지
비우지도 채우지도 못하니 도로아미 아닌가.
오늘도 왜 걷는지 이유도 없이 걷는다
산 중턱에 이르러
산 위로 흘러가는
저 구름을 부러워하며
구름아 잘 가라
가다 힘들며 쉬어가거라

2014년 9월 22일

이렇게 가을은 가버리나

마음만 먹으면 훌쩍 떠날 수 있다는 것,

그런 사람 그리 많지 않아 보인다.

열자는 휴식을 취하지 못한 이유 네 가지를 들었다

첫째는 장수, 그리고 명예, 지위, 재물 때문이라고

위 네 가지를 두려워하지 않는 사람을

자연의 위치를 따르는 사람이라 했다

어디에도 얽매이지 않고 욕심을 버려야 가능한 일이다

북풍에 조금씩 밀려나는 가을의 정경들

빛바랜 낙엽들 오그라들어 쌓이는 길모퉁이에

가을은 그 낙엽 밑에 잠들고 숙연히 겨울 맞을 준비다

이렇게 깊어가는 가을 속에 반세기를 훌쩍 넘겨버린 삶을

조용히 되돌아보니 못내 아쉬움이 더 많다.

가을 가고 겨울 가면 또 봄의 기다림

오늘도 이런 상념으로 가을 길모퉁이에서

산 넘어 흘러가는 뭉게구름을 바라보며

가을을 보낸다.

2014년 10월 27일

오늘이 왔다 반가움이다

오늘은

앞으로 남은 생에 일할 수 있는

처음이고 마지막 날이다.

오늘은

지나가면 오지 않고 내일에도 없다.

오늘은 영원히 오늘 뿐이다.

기북면 쉼터 마련을 위한 노동 시간이다.

꿩은 울어대고, 낮인데 닭도 울어댄다..

산들바람은 불어오고 구름도 흘러가고

농사는 되든 말든 한잠 자자.

모처럼 산중에 잠을 청한다.

새벽 2시쯤 날 짐승 울음소리와 개 짖는 소리

새벽 3시 닭 울음소리 개구리울음

4시 30분 동틀 때 다시 닭 울음소리

또 다른 오늘이 왔다,

깊은 산속 쉼터에 반가움이 왔다

2017년 5월 5일

고추잠자리

전깃줄에 고추잠자리가 앉아 있다
왕거미가 같은 줄에 앉아 있다
잠자리는 먹이 사슬인지 모른다.
왕거미도 고추잠자리는 관심 없다
괜스레 제3의 그는 걱정하고 있다.
맑은 하늘 배경 두 곤충 여유롭다
구름은 흘러가는 게 아니라
사라질 뿐이라고 하며 간다.
9월의 하늘 맑아서 좋다
2017년 9월 22일

지심이 농심이더라

농심이는
땅에 심은 싹이 나면 웃고
꽃피고 열매 맺고 수확하며 웃고
가뭄에는 울고
장마에도 태풍에도 운다.
지심이도 그때마다 웃고 운다.
以心傳心이더라.

2017년 9월 26일

명절이다 보름달이다

명절이다

고속도로 정체가 그려진다.

벌초다 성묘다 온 가족 잔치다

달려라~ 고향 열차 코스모스

그리운 고향 친지 친구들 잘 있지

3천만 대이동에 포함되지 않은

나의 추석엔 보름달은 있는가?

2017년 10월 3일

산사과가 익어간다

산사과가 익었다

사과주(酒)가 익는다.

매실이 익었다

매실주(梅實酒)도 익는다.

고추도 익었다

고추장도 익는다.

적당히 익고 숙성되면

아름다운 벗과 술잔으로

별 밤, 달밤을 지새우련다.

2017년 10월 29일

콩 심은 데 꼭 콩이 난다

거의 1년을 농작물 재배에서
고추 상추 오이 토마토 옥수수 호박 수박 시금치
대파 부추 쪽파 양파 마늘 이렇게 여러 종을 심고
수확하면서 알았다
콩 심은 데 꼭 콩이 난다
거짓을 모르는 그 자연의 순리가 좋아지기 시작했다
팥 심은 데 팥 나야 할 텐데
콩 나면 안 되는데, 농사 망치는데
콩을 심으면 콩을 거두고 오이를 심으면 오이를 거둔다.
종두 득도(種豆得豆)
종과 득과(種瓜得瓜)라 했다.
혹시나
콩 심은 데 팥 나오면 안 된다.

2017년 11월 20일

볼품없는 산일지라도

볼품없는 저 산이
오늘도
구름 흘러감을 측정해주고
떠오른 태양을 가늠해주고
불어오는 바람막이 해준다.
그때마다 볼거리 생긴다.
오늘도 산은 그대로인데
산마루에 볼품 거리가 일어난다.

2017년 12월 7일

흘러가는 구름이어라

흐르는 세월 속으로 내 젊음은 가고 친구들도 소식은 영 없다
숨 막히도록 바쁘게 살아왔는데 어느새 경로석 노인 됐다
그렇게 요리조리 여기까지 잘 왔는데
모든 것이 부족하고 미안뿐 남은 세월에 애착을 느낀다.
어쩌란 말이냐 이게 삶인걸
단풍은 안 보이고 가지에 멍든 나뭇잎만 나를 대변 해준다.
흘러가는 구름이어라

2017년 12월 20일

봄이 오면

봄이 오면
두물머리, 남한강, 북한강
물안개 그대로 왔으면 좋겠다.
뇌운계곡 구름안개도
노심초사
그 안개 그 구름을
유난히 긴~~겨울 터널에서
기다리고 있었구나.
벌써 순천만에는 매화 소식이다
남한강 북한강 뇌운계곡 섬진강
그들을 그대로인데 괜한 걱정
어제와 다른 변화가 올까 걱정
그 그리움 그대로를 기다린다.

2018년 2월 26일

기쁨 뒤에 외로움도 있다

구름 강물 바람이 흘러가고

생각도 마음도 세월도 흘러간다.

흘러간 그 모습들 그리움으로 남고

머물렀던 자리에는 아름다움이 남는다.

고통과 기쁜 순간도 흘러 가버리니

참 다행이고 홀가분하다

흘러가지 않고 멈춰 있다면

소화불량처럼 얼마나 답답할까

걱정스런 마음을 덜어주니

감사하고 홀가분하다

세월이 흐르면서 기쁨과 고통들을

새롭게 채워주니 참 고맙다.

어차피 지난 일은 지워가며 잊고

새로운 것을 채우고 만들어 가는 게 인생

해넘이 노을도 아름다움을 주고

아련한 외로움도 준다.

2018년 4월 5일

꽃이 피었다 꽃이 진다

길가에도 산에도 꽃

하늘에도 들판에도 꽃

사방 천지가 꽃 세상이다

개나리 진달래 목련 매화 산수유

그리고 벚꽃

피는 꽃이 여러 모습으로 곱다

지는 꽃도 여러 모습으로 다르다

꽃의 일생을 보며

우리 인생을 잠시 기대어본다

꽃들의 사랑은 이리 빨리 끝나지만

곧 열매를 맺고 생을 마감하지만

그런 꽃들의 일생이 부럽다

어이하나 사월의 꽃들이

미련 없이 지고 있는데

그래도 좋다

오월의 꽃 장미가 오고 있다.

2018년 4월 6일

화무십일홍이라

인무십일호(人無十日好)

화무십일홍(花無十日紅)인데

월만즉휴(月滿卽虧)

권불십년(權不十年)이라

사람의 좋은 일 10일을 넘지 못하고

붉은 꽃 아름다움도 10일을 못 넘네

달도 차면 기우니

권력이 좋다 한들 10년을 넘지 못하느니라

모든 인생사는 좋은 일이

끝까지 영원토록인 것은 없으니

항상 분수에 맞고 권력 있다고 뽐내지 말고

겸손하라는 그런 말이다.

요즘 화무는 하루와 같다

벗꽃 피는가 했더니 아침에 보니 지고 있다

벗꽃길 윤중로 의사당길을 걷다

화무십일홍을 맴돌려 보낸다.

2018년 4월 16일

맑은 공기 산골 일상

잠시 양평 물소리길을 버리고
포항시 북구 기북면 심심산골
능금꽃, 배꽃, 감꽃 대추꽃 보며
고추 오이 토마토 고구마 감자랑 심으며
가끔 장끼 울고 밤 되면 고라니가 울고
두견이도 우는 심산계곡이다
작년에 심은 육쪽마늘 양파가 무사하다
낮에는 일을 할 수가 없다
봄은 어디로 가고 벌써 여름이다
朝夕으로 2시간 노동이면 하루 일과 마무리
나머지는 숲 바라보며 맑은 공기 마시기
오늘은 일어나니 해가 중천이다
어제 무리했나 보다

2018년 4월 25일

農心은 근심 걱정이더라

땅 보고 근심
하늘 보고 걱정
비가 와도 걱정
비가 안 와도 근심
눈이 와도 걱정
눈이 안 와도 근심
바람이 불어도 걱정
안 불어도 근심
그래 農心은
평생 근심 걱정이더라.

2018년 6월 8일

봄 자네 왔는가?

유난히 추웠던 겨울이 지나가고

따뜻한 봄 햇살이

나의 얼어붙은 맘을 녹이고 있다

강변 버드나무 가지에도

걷고 있는 길가 풀 한 포기에도

안방 TV 뉴스에게도

아파트 양지바른 제비꽃 에게도

산 강 하늘 땅 모두에게

지난겨울 유난히 추웠다고

투덜거릴 틈도 없이

기다림에 아무 상관없이

슬그머니 봄에게 자리를 내준다.

덩달아 강가 아지랑이도 춤을 춘다.

내 배낭도 봄바람 맞이 길을 나선다.

2019년 3월 1일

청계산의 몸살

청계산의 독야청청 나무가 점점 죽어가고 있다
나이듬도 아니고 인위적 벌목도 아니다
산과 숲은 쌓이는 낙엽이 생명이다
언제부턴가 산등성이에
여기저기 하얀 가마니 무덤들
시들음 병으로 앓다 죽은 참나무의 무덤이다.
그 곁에서 잘려나간 아름드리 그루터기가
비명을 지르는 듯 눈물을 흘리고 있다
몇 해 전부터 참나무 시들음 병이 시작됐고.
이제는 산 전체가 시들음 병으로 신음하고 있다.
이러다 낙엽 산길을 못 걷게 될까 염려다
지금 청계산이 심하게 몸살을 앓고 있다
청계산은 나무뿐만 아니라
골짜기와 등선마다 통증을 앓고 있다
지주들의 영역표시와 함께
갈고 닦고 세우고 야단법석이다
아름다운 말로 전원주택이란다
야단법석을 떨고 있다

포클레인, 덤프트럭이 땅을 뒤집는 굉음들
총체적으로 청계산이 통증 협착증이다
찜질방으로 신신 파스로도 안 된다
총체적으로 마음과 마음의 치유가 필요하다.
나무숲과 꽃과 나비와 새들이 범람하여야 할
산허리 통증 앓이가 안쓰럽다.

2019년 3월 26일

벼슬재 구름이 여유롭다

낙동 정맥 벼슬재 중턱에서
무념무상의 아침 한 시간
무엇을 할까 무엇을 해야 한다
질문도 답변도 필요 없는 산속
세상사 늘 내 뜻대로 되지 않았고
늘 부족한 것이 인생살이이었거늘
지금 있는 곳에서 지금 하는 일
구름이 흘러가다 사라지듯
그렇게 가는 것이 인생살이이었거늘
여유롭게 사는 사람 한가롭게 사는 사람
너무 부러워하지 않기로 한다.
그놈의 인생 한 조각 구름이더라.
동해안 쪽 구름은 유난히 여유롭다.
저 구름에게 여유를 빌리고 싶다
마음과 몸의 합의 하에
같이 날다 그냥 헤어지고 싶다
잠시 세속과 있어 봄직하다
밤하늘에 별을 보니 별천지

오늘 하루가

구름처럼 별처럼 유유자적이다

2019년 5월 10일

농심이 제1장 고구마 밥상

오늘 아침도 잡초 제거
몇 꼭지 읽고 나니 졸음이다
갈수록 책이 눈에 안 온다.
돌아서니 나 좀 봐 달라
손짓한 녀석 그래 봐 주마
뿌리째 뽑아 내동댕이치며
다시는 부르지 마 타이르고
돌아서니 옆 친구가 부른다.
그러다 새참도 잊어버렸다
바로 점심으로 직행
잡초 제거 상차림이다.

2019년 7월 13일

농심이 제2장 오이 가지무침

오늘도 농심이가

아침 밥상 차려준다

아침 햇살이 아니더라도

멀리서 들려오는 닭 울음

뻐꾸기 소리에 이어 참새들

빨리 일어나라 조잘댄다

아침 이슬 듬뿍 앉은 풀들

조찬치고는 만찬이다

오늘은 누가 밉나 추첨 받고

농심가 부르며 오이 토마토

고추, 가지 보이는 대로 먹는다.

농심이에게 땀방울 열릴 때

잠시 얄미운 하늘 한번 본다.

바람도 좋고 비면 더욱 좋다

농심이 마음 좀 읽어주라

오늘은 오이, 가지무침 밥상이다

2019년 7월 15일

농심이 제3장 과일밭 요리

오늘은 단비가 오니
과수원에다 밥상을 차린다.
감 대추 사과 복숭아 배 체리 무화과 블루베리
역시 진수성찬이다 제멋대로 자란
잡풀들 거의 나무 수준이다
비 오는 날 空 치는 날은
옛이야기이다
오늘도 과수원 밭에서
가지치기 잡풀 메기
비가와도 농심이는 바쁘다
비가 오려면 소낙비 수준으로
오던지 이슬비 수준에 그나마
오다 말다로 空 치기 애매하다
농심이 이마에 땀이 주룩 때
뒤를 보니 가지런한 과수들에
미소를 짓는다.
농심이 오늘은 과일 요리로 배를 채우다

2019년 7월 17일

장맛비 그친 산속의 아침

바람과 구름의 몸부림으로
울분을 토해낸 후
다시 찾아온 산속의
맑은 공기, 맑은 옹달샘 물
나도 바람 구름처럼
울분을 토해 내볼까?
장맛비가 씻어낸 나뭇잎처럼
어제의 날들을 씻어내고
맑은 바람과 새소리 들으며
산속의 아침을 맞고 싶다
흘러가는 구름 강물처럼
유유자적(悠悠自適)이고 싶다

2019년 7월 31일

농심이 제4장 다시 잡초 속으로

다시 잡초 속으로 왔다
참새들의 생활 터전이 됐다
고라니도 흔적을 남겼다
새 소리와 함께 온 아침은
반찬이 만만치 않다
사방이 잡초로 만찬장이다
무엇부터 먹을까 고민하다
수신제가 치국평천하
(修身齊家 治國平天下)로
정했다 집 주위부터 정리다
만찬 시간은 아침 6시부터
1시간쯤 태양과 함께
전신이 땀으로 범벅이다
조찬치고는 너무 벅차다
지하수 수도꼭지에 전신
냉수마찰로 일과 끝이다
아침은 막걸리 반주는 밥상이다

2019년 8월 18일

그 참새가 안 보인다

그들의 고향 그들의 방황
그들의 불행 도시의 참새들
그들이 가는 길이 궁금하다
어제의 도시 참새의 최후 생각하며
너무나 야윈 그 참새를 그리워한다.
오늘 아침 출근길 그 참새가 안 보인다.
고향에 갔나,
아니면 타 지방으로 이사를 갔나.
너무나 측은한 그 참새
고향이 어디일까
숲속의 참신한 공기를 뿌리치고
57평 아파트 숲에서 헤매던 그 참새
눈이 먼 참새는 아닐 테고
내일도 그 참새를 보지 않았으면 좋겠다.
숲속 전원주택 고향 찾아갔으면 좋겠다.

2020년 7월 23일

장마야 물렀거라

요즘은 거의 장마 얘기다
창밖은 빗물과 안개 어둠이다
호우 수마 폭우 돌풍 물벼락 쏟고
사망 실종 고립 이재민 발생 되고 뉴스 특종 가동이다
여름 햇빛은 길을 잃고 희미한 그날그날의 반복
지겨워지는 팔월 휴가도 뒷전
매미 소리 투덜댈 시간도 없다
그리고 입추다 또 한 달을 잡아먹는다.
장미 장마가 또 온단다.
올해 장마는 중국을 선두로 일본을
그리고 우리나라에 차례로 광기를 부리고 있다
또 천둥 번개 비 태풍 예보다 지긋지긋하다
무더운 여름 해수욕 대신 장맛비로 때우려 하니
뭔가를 잃은 듯한 기분이지만
산사의 정경은 아니지만
비학산, 벼슬재 계곡의 여름밤 제법 고즈넉하다

2020년 8월 7일

게으른 농부 변명

제철 음식

제철에 생산해서 그때 먹어야

음식 맛을 제대로 맛볼 수 있다는 말이다

하지감자를 입추에 캔다, 말복도 지난다.

그런데 웬일인가 씨알 굵은 감자가 더욱 싱싱하다

횡재하는 느낌이다

이래도 되는 겐가? 제철 맛이 날려나?

또 다른 변명

농작물 일은 마무리 해버리면 안 된다

다음 시작하는 데 새로운 결심이 필요하기 때문이다

조금 여분을 남겨놓고 마무리하는 게 좋다

농작물 관리 작업은 수확할 때까지는

끊임없는 노동의 반복이기 때문이다

게으른 농부 변명도 가지가지다

2020년 8월 15일

농심은 자연이다

구름 가니

달도 가고 별도 간다.

구름 달, 별이 내리는 밤(夜) 냄새가 좋다

이른 새벽 서리가 응어리 되어

처마에 떨어지는 낙수 소리 그 냄새도 좋다

태풍 폭설은 냄새 맞을 틈 없이 지나쳐 버린다.

농심은 그 냄새를 맡으며 산다.

그 길이 가야 할 길이라고

자연의 길이라고

역행하지 말고 결에 맞춰 가야 한다.

인쇄도 종이 결에 맞춰 인쇄하듯

삼라만상은 순리와 결 따라 자연스레 가고 있다.

농심도 참 자연스럽게 거역 않고 가고 있다.

벼슬재 자락 덕동마을 농심도

2020년 10월 30일

미소를 담은 농막의 아침

미소를 담은 깊은 산속
새벽을 깨우는 자연의 소리가
지저귀는 새소리의 수다가
즐거움으로 내려앉는 산속
수줍게 내려앉은 물안개는
풀잎에 이슬을 선사하며
싱그럽게 열린 아침이다
싱그러운 이 아침 풍경에
“미소는 사람이 지을 수 있는
가장 아름다운 선물”
오늘도 아름다운 선물
멋진 하루의 아침 햇살을 맞는다

2020년 8월 16일

산중의 별 달

산중의 별 달

코로나 시즌이다

가을이다 산골이다 코스모스도 있다

흔적은 창고 기둥이 휘어짐

일거리는 태산이다

손을 어디서부터 대야 하나

여기서 길이 필요하다

누군가가 내어준 길 그러나 그 길은 없다

부딪치고 개척이다

시작이 절반이다

일단 손에 낫은 쥐어졌다

절반은 끝난 셈이다

반비 태풍 후 뒷정리 진행형

저녁은 적막강산이다

별과 달이 마중 나온다.

2020년 9월 24일

3부

생활 속에서

또 한 해가 지고 뜨는 오늘

태양은 어제처럼 떠오르고
그 모습으로 진다
설 연휴라 5일을 쉬어도
역시 그 태양은 또 뜨고 지고
새해라 해도 어제와 같은데
送舊迎新이 맞는 말인지
해가 뜨고 지는 것이
세월의 흐름과 같은 뜻인지
뭔가 다른 의미가 있지 않나 생각이 든다.
어제와 똑같은 오늘의 태양이고
과거는 지나간 오늘이고
내일은 다가올 오늘인데
우리 마음의 중심은
언제나 오늘이고 현재다
인생은 공수래공수거, 일장춘몽이라
그런데 세월이란 놈이 이상하다
슬픔과 즐거움을 주고 모른 척 가고 있다
세월이 모른 척하는 건지
내가 세월을 모르고 있는 건지
작년에는 왼쪽 무릎이 시원찮더니
금년에는 오른쪽이 시원찮다
또 해가 지고 뜨는 길목에서
그 세월이란 놈을
어떻게 붙잡아 놓을 건지 고민이다.

제자리에 있는 아름다운 모습

어제 저녁엔 손톱깎이가 제 자리에 없어
아들놈에게 화를 냈습니다.
저녁 밥상에 젓가락이 짝짝이여서
여보에게 화를 냈습니다.
아침에는 신발이 뒤죽박죽이어서
딸에게 화를 냈습니다.
집에서 하루 종일 화를 낸 셈입니다.

제자리에 있었으면
그렇지 않을 수도 있었습니다.

지하철을 타는데 핸드폰을 놓고 와
사무실까지 오면서 후회를 했습니다.
사무실 앞에서 열쇠가 없어
직원이 출근할 때까지 후회했습니다.
그런데 아무도 알아주지 않았습니다.
회사에서 하루 종일 후회를 한 셈입니다.
제자리에 있었으면 하고

아무리 후회해도 소용이 없었습니다.

제자리에 있는 아름다운 모습 생각이였습니다.

2006년 6월 20일

어제는 장기근속 10년 황금 한 냥

어제는
장기근속 10년이라고
금 거북 한 냥을 받았다
사장님, 직원들, 거래처, 그리고 마누라
모두에게 고맙다
군 생활 18년 사회생활 18년째
총 36년을 남이 주는 돈으로
생활해 온 셈이다
무던히도 잘 견디어 왔다
앞으로도 잘 견뎌 내야 할 텐데
그동안의 군상이 뇌리를 스친다.
조금은 의미 있는 날이었다.

2006년 12월 16일

나의 직함은 상무다

나의 다른 이름은

정상무, 만성이 형, 성, 만사마,

만성 씨, 정 야근, 작은 아버님, 삼촌

직장생활 17년 동안에 붙여진

또 다른 나의 호칭들

아들, 딸뻘인 직원들과

직장에서 17년을 생활 불편이 없었다는 것,

앞으로도 그럴 것이다.

출판사의 특성상 아름다운 여자 직원들이 많은 편

직원 중 꼭 딸, 아들 연령대 직원도 있다.

가끔 우리 애들은 이제 학생인데 하며 비교도 하고

아들, 딸 얘기도 자주 해준다

사무실에 처음 방문하거나 면접 보러 온 사람들은

내가 사장인 줄 알고 인사를 할 때는

민망하기도 할 때가 한두 번이 아니다.

그럴 때마다 꼭 사장님께 모시고 가 정확한 명함을

교환해주며 확인을 시켜주기도 한다.

그러다 보니 군 생활 18년은 차치하더라도,

사회 17년이 늙은 구렁이로 변해 버렸고,

산과 들에서 별난 전투도 많이 해 본 것이다.

오늘 아침 모 조간신문에 35세에 고시공부를 포기하고

13대 1의 경쟁력을 뚫고 회사에 입사한 기사를 보았다

지난날이 주마등으로 스쳐 지나간다.

2007년 3월 17일

지친 모습도 아름답다

일교차가 심한 이른 아침 전철 안
지쳐 있는 중년 어르신들로 복잡하다
어쩌다 늦은 자정쯤 전철 안 역시
지쳐 있는 어르신들이 많다
그 모습들을 하나씩 그림을 그려 본다
어디서 태어났는지부터
유치원, 초등학교, 중 고등학교, 그리고 대학교
조직의 울타리에서 살아남기 전쟁 치르고
결혼하고 자식 낳고, 결혼도 시키고 집도 마련하고
부모님도 모시고 그러다 유난히 짧아진 정년퇴직의
巨石이 그 얼굴들에 그려지고
그 옆에는 동생 때문에 결혼도 못한,
회사 부도로, 교통사고로 그리고
자식에게도 기댈 수 없는 그런 지친 모습의 그림이
남의 일 같지 않아 아름다움으로 애써 승화시킨다

2007년 5월 10일

누구나 다 아는 이야기

모두가 다 알고 있는 이야기다
말기 암으로 곧 죽는다고
진단을 받은 사람이
그는 죽게 되면 가지고 있는 재산이
소용없음을 알게 되었고

자기가 잘못한 사람에게
재산의 일부를 뚝 떼어주고
도움을 받은 사람에게 뚝 떼어주고
가르침을 받은 사람에게 뚝 떼어주고
그렇게 재산을 나누어 줄 때마다
그의 마음은 즐거웠습니다.

즐거운 마음으로 그는
모든 재산을 나누어 주었습니다

그리고 그는 죽기를 기다렸습니다.
그런데 웬일인지 아무리 기다려도

죽지 않는다는 것입니다

큰일입니다, 안 죽어서
돈도 없는데
어느 병원 영안실 앞에서

2007년 6월 29일

왜 혼자냐고요?

왜 간병하는 가족이 없냐고요?

홀로 병실에 누워 있으니 묻는다.

아내는요?

일하러 갔습니다.

자제분들은?

없습니다, 하니

거짓말을 하는 줄 알고

그러자 왜요 하고 자꾸 대든다

그래서 지금 외국 유학 중입니다, 로 마무리한다.

소자화(小子化), 핵가족화, 와

고령화가 빠르게 진행되고 있는 미래

바꾸기 힘든 가치관의 미래가 두렵다.

이제부터 홀로서기를 해야 한다고요?

배낭여행 홀로서기 수험준비 홀로서기

주식투자 홀로서기 독신자 홀로서기

혼밥, 혼술,

무량수전 배흘림기둥 홀로서기

그런 차원이 아니다

어딘가에 있을 아름다운 홀로서기

오늘도

그 다른 홀로 길을 찾기 위해 나선다.

2007년 8월 10일

한가위 중추절 오고 가는 소리

한가위 오는 소리

어제 오전에는 거래처 ○상무가 배 2박스
오후에는 ○전무가 가시오피, 복분자, 종합선물 세트,
또 오후에는 ○사장이 한우 1세트,
저녁쯤에는 이전무가 한과 1세트
오늘 아침에는 이사장이 굴비 1세트,
점심때는 또 배 1박스가 들어온다.
그래서 모두 뜯어 펼치니
진수성찬 차례 상이다.
그래 십시일반 모두에게 공동 분배.
웬 선물이냐고요?
거래처 사장님들께서 그동안의 고마움 표시이며
앞으로 잘 봐 달라는 성의 표시겠지요.
아마 뇌물 성격도 물론 포함되었습이다.
가뜩이나 힘든 요즘 받아도 되는지 모르겠다.
법원, 경찰, 검찰이 오면 주는 사람, 받은 사람
모두에게 영장 청구할까 고민되고 걱정스럽다
받은 내가 죗값은 치르겠다.

한가위 명절 오는 소리에
잠시 넋이 나갔나 보다.
내일모레면 보름달 뜨고 기러기 날겠지

한가위 중추절 가는 소리

아버님, 어머님 건강하세요. 자주 뵙겠습니다.
친구 미안하네, 내년부터 자주 오겠네.
고향이 그리워도 못 가는 생산 현장의
어느 근로자의 중추절도 경비업체,
순찰 중인 경찰들의 중추절도,
격오지에서 근무하는 장병들의 중추절도,
7, 8시간 지루한 고속도로의 행렬 속에
또 하나의 애틋한 추억으로 남기고
2007년 중추절이 가고 있다.
이틀 남은 마지막 9월의 마감을 위한,
이제는 영원히 오지 않을 그런 9월이 가는 소리,
중추절이 가는 소리와 함께 가고 있다
어제 보름달 그 시각에 달을 보니

많이 야위고 상해 있다.

저 모습이 중추절 가는 모습인가 보다

기러기 울음소리도 들리지 않는다.

서울 하늘엔

2007년 9월 20일

구두 대신 운동화로

애지중지는 아니지만
3년 넘게 나를 회사로, 집으로
안전하게 이동시켜준
그 신발이 오늘 아침에 안 보인다.

사연인즉
구두 수선을 위해 명동에 갔다.
뒷굽, 밑창 수리비가 만만치 않아
수리 아저씨에게 버리라 하고 온 것이다
변명인즉
이참에 새로 마련하자며 위로한다.
11월까지는 운동화를 신고 다녀야 할 판이다

나이 들어
이제 회사 그만 다니라는 신호는 아닐 테고
경솔함을 탓할 수 없고
경솔함에서 온 비용 부담을 탓할 수 없고
그냥 웃을 수밖에

빨리 신발 조치 안해 주면

집안일이나 할까 보다

2007년 10월 22일

지는 해를 붙잡고

해가 지고 있다

가지 말라 해도 간다

염려 마라 나도 간다

니나 나나 어차피 간다

먼저 간다고 너무 좋아 마라

뒤에 오는 좋은 세상 걱정도 안되냐?

가다 한 번 만나 차라도 한잔

아니면 막걸리라도 한잔하자

절대 혼자 가면 안돼

어이하나 지는 해 잡을 수 없으니

시름만 느누나.

속도 모르고 해는 내일 또 온다고 한다.

2007년 12월 30일

아빠, 오늘 삐져 있다

삐짐이 아빠

이 반찬은 큰딸

저 반찬은 작은아들 놈

이 방은 큰딸

저 방은 작은아들 놈

집 안 어디에도 아빠 것은 없다

오늘도 아빠는

포장마차에서 한잔하고

소파에서 잠을 잔다.

참 잘도 삐진다.

2008년 9월 1일

어제 일로 후회하지 말자

아들아, 딸아
어제의 일로 후회하지 마라.
그리고 내일의 문제로 근심하지 마라.
모든 어제가 오늘에서 기인하는 것 아니냐.
모든 내일도 오늘로부터 비롯되는 것.
네가 오늘을 성공적으로 보내면
반드시 성공적인 내일을 기대할 수 있단다.
- 우장홍의 《어머니의 편지》 중에서

젊은 사람이 피해야 할
가장 무서운 적이 후회와 근심이란다.
지나고 나면 별것 아니라는 걸 알 때가 올게다.
지난 일을 후회하고 내일 일을 근심할 시간에
책 한 줄 더 읽고 뜀뛰기 한 번 더 하는 것이다

젊은 시절 최고의 순간은
바로 지금이라 생각한다.
모든 병은 마음에서 시작하기에

마음으로 고쳐야 한다는

리제마 사상 의인의 말씀을 빌려 본다.

2008년 1월 26일

그 아버지는 무죄

카페에 부쩍 자녀 결혼 초청장이 늘었다
새로운 아버지의 탄생을 위한 출발들인데
자식 농사 잘 지었나?
그런데 마음 한구석에
아버지의 허전하고 근심 어린 잔상이 흐른다.
잘살아야 할 텐데, 정말 자식 농사 잘 지었나?
그 뒤에는 너무나 급변해버린 현실 앞에
대통령도 아니고 회장님도 아니고
뭔가 있어야 하는데 아버지 마음은 혼돈이다
그래서 자식 농사 잘못 지었더라도
그 아버지는 무죄가 되어야 될 것이다.
결혼 시즌이다.

2008년 10월 1일

이젠 우리 보듬을 때다

가을의 가로수 은행잎 더미 속에도
낭만 의식이 진행되고 있다
시간과 문화 공간 속에서 동일한 성씨, 지역, 학교 등
동질감의 연대를 애를 쓴다
시대가 개인화되어 가고 있는 즈음이다
공통점과 결속력이 약해져 가고 있다
서로 좋아함이 상처받는 사람들
서로 다르다는 때문이 아니라
차이를 이해하는 방법 때문이야
이제는 다름을 이해하는 방법을 찾자
디지털과 아날로그가 공존하고
온라인 오프라인의 차이를 이해하고
너와 나의 차이를 극복하고 보듬는
그런 내일을 만들자.
네가 있어 그냥 좋아하는 마음으로
우리 서로 보듬자
한마음체육대회장에서

2008년 11월 4일

자연의 한 조각이란다

살아볼 만한 인생인가?

저마다 다르게 살다가 다르게 간다.

피할 수 없는 운명적인 삶과 죽음

예로부터 죽어 천 년보다 살아 일 년이 낫다

"개똥밭에 굴러도 이승이 좋다"는 말이 있다.

죽음과 이별도 문 앞에 있다는 말도 있다.

삶과 죽음 차이가 바로 백지장 한 장

살아 있는 것은 더 할 수 없는 축복이다.

죽음은 선택하거나 선택되어 지기도 한다

스스로 결정하거나 타의에 의해서 결정되어도

죽음 그 자체는 슬픈 일이다.

꿈인가, 아니면 장난인가 했더니

역사상 초유의 전직 대통령의 자살 소식

온 국민은 오열했고,

삶과 죽음이 자연의 한 조각 아니겠는가? 라는

유서 한 줄이 많은 생각을 하게 한다.

인생 살아볼 하다는 말이 한순간에 무너진다.

저마다 하루라도 더 건강하고 깨끗하게 살다

나도 모르게 그대도 모르게 사라지는 것,

그것이 우리의 소망 아닌가?

그 소망이 이루어질지 아닐지

나도 모르고 그대도 모를 일이다.

2009년 5월 24일

지금도 뛰어가는 님들에게

오늘도 걸으면서 왜 걷는가?
육해공 교통수단이 넉넉하지 않았던 시절이나
초고속 교통수단이 넉넉한 요즘이나
걷기란 언제나 우리 곁에 늘 함께 있어 온 삶이다
아직도 길들여지지 않은 물음표를 앓고 밖을 나선다.

걷기는 건강에 좋다

그래서 단순히 걷기란 이동 수단을 넘어서
몸이 건강해지고 몸이 건강하니 마음이 편안하고
언제부턴가 모든 의학적 유사어를 총동원하여
걷기를 권장하고 있다
지자체에서는 둘레길, 올레길 붐이 일고 있다
전 국토가 둘레길화 되어 가고 있다

그 길 위에서 조급하고 위급한 삶의 고통과
시름의 짐을 길 위에 놓고 앞서간 사람의 발자국 음미하며
다른 사람들이 달려간다고 달리지 말고 천천히 걸어보자

힘들면 잠시 쉬면서 숲 사이 맑은 하늘, 구름도 보며
달려만 왔고 뛰어만 온 님이여,
또 다른 여유로움과 풍요로움을 길 위에서 찾자

2009년 9월 16일

광화문 북쇼 현장에서

한 손에 책, 북쇼 매장 현장

그림책 앞에 한 어린이가 서 있다

어떤 부모가 그림책을 사 주는 모습을 보고

어린이가 중얼거린다

"부럽다"

꼬마야 엄마 모시고 와 : 없어요.

그럼 아빠 모시고 와 : 아빠도 없어요.

아~차

한순간 어린이를 놓치고 말았다

그 어린이 환경을 한참 생각해보았다

잠시 왜 엄마 아빠 노릇을 못해 줬을까?

아쉬워하는 마음의 위선을 낳는다

코스모스 구경도 못하고 가을을 보낸 것 같다

무척 바쁜가보다 가로수 은행잎 가을비에

못 견뎌 길가에 쌓인 낙엽을 보며

뭔가 한마디하고픈 계절이다

멀리 북한산, 도봉산이

을씨년스런 모습으로 내리고 있다

어린이는 어디로 갔을까?

미안하다 아이야

2009년 11월 14일

지난겨울 그리고 인동초의 봄

햇살 넘어 솔솔 부는 바람이
아파트 음지 벽을 부딪는 오후
아파트 양지 앞 화단에는
봄 움트는 소리
길가 민들레는
솜털 부비며 노란 꽃 품고 졸고
까맣게 불타버린 지난해의 흔적이
워낭소리 주인
할아버지 밭 가는 모습에서도
비를 기다리는
강원 태백의 애태움 속에서도
정녕 겨울 가고 봄은 오고 있음이다
봄이 오면
강남 제비는 돌아오는데
태초부터 해온 이별 연습, 그리고 또 하나의 시작
그 또 하나 시작 그 봄은
아름다움 봄이었으면 좋겠다.

2009년 3월 9일

나는 믹스커피가 좋다

믹스커피 한잔에 마음을 담는다.

커피잔에 어제를 넣고

사계의 꽃잎을 넣고

봄바람으로 내음 한다.

힘들었던 일은 설탕에 버무르고

즐거웠던 일은 커피에 버무르고

애매한 추억은 프림에 버무르고

믹스커피를 만든다.

그리고

긴 한숨은 낭만에 대하여 콧노래로 하고

괴로웠던 일들은 기쁨으로 승화시키고

커피잔에 지난 내 마음들을 섞는다

힘든 실타래를 풀기 위해 애써왔고

넉넉해지려고 애써왔던 그 날들을

믹스커피에 버무려 마신다.

옛 노래 경음악을 흥얼거린다.

커피는 역시 믹스커피가 좋다

2010년 12월 29일

국민연금 수령하는 날

국민연금이 나오는 날
새삼 세월의 무상함을 느끼며 만감이 교차다.
1988년 4월쯤 군 생활 마치고 사회일 배운다고
생활비 명목으로 5십만 원 받았을 때
국민연금이 태동 되고 24년이 지났다
무던히도 견뎌왔구나 하는 생각
공무원, 사학, 군인연금에 비하면 1/3 수준이지만
그동안 노동의 대가가 이 정도라 생각하며
나의 굵기를 가늠해 본다.

국민연금을 수령하니 생활환경이 바뀐다.
우선 회사는 정년퇴직 해야 하고,
경로석에 앉아도 얼굴 붉히지 않아도 되고
한참 힘쓸 나이인데 급여 수준은 절반 정도
여러 가지 많은 변화가 온 것이다
옛날처럼 술판 벌릴 수도 없고
국민연금을 덤으로 생각하며 위안 삼는다.
오늘도 세계 제1의 시설 전철 경로석에 앉아

무가지에 실린 일본의 대지진, 쓰나미,

그리고 방사능 오염 등 기사들을 걱정하며

제2의 금광을 캐러 길을 나선다.

2011년 3월 17일

경로석 만원이다

지하철 갱 속 1시간을 달리고
그리고 옥석을 가리는 8시간의 노동
그 노동의 가치는 누구나 측정할 수 없고
사장만이 할 수 있는 그런 노동의 현장을
오늘도 새벽바람 타고 아침을 연다.
그 지하 갱 속으로 수도권 동서남북을 왕복한다
먼 훗날
전철의 가시권은 원주, 임진각, 온양, 춘천, 김포
그리고 더 먼 훗날은 강화도, 개성, 금강산도 그린다.
그런데 경로석 자리는 빈자리가 없다
장거리 경로 우대 어르신들이 많다
새로운 대안이 시급함을 느낀다.

2011년 4월 5일

전생을 아는 이 있을까?

여름 장마 동안

유난히 매미가 우는 건지 노래하는 건지 요란하다.

시끄러운 매미울음(노래) 소리를 싫어할 수가 없다

그놈들은 한철을 노래하고 울어대려고

땅속의 암흑에서 7~8년을 굼벵이로 살다가

땅으로 올라와 한철을 울고 노래하다

다시 굼벵이로 돌아간다고 한다.

그 사실을 안 뒤부터

밝은 세상을 만나

기뻐서 내는 노래인지 슬퍼서 우는 소리인지

알 수는 없어도 매미의 전생에 뭐였을까

오늘은 매미 노랫소리와 울음소리가

장마와 수마를 원망하는 소리 같다

2011년 8월 2일

이런 사람 그런 사람

지쳐 무너지고 싶을 때
보기만 해도 마음 든든한 사람
삶의 무게로 막막할 때
서로 위안이 되는 사람
지나가는 회상 속에서도
기억마다 반가운 사람
몸 마음 지쳐 쓰러질 시간에
마음 기댈 수 있는 사람
슬픔이 클 때 언제든 부르면
달려올 수 있는 사람
약속은 안 했지만
보고프고 기다리며
그리움과 기쁨이 지속되는 사람
이런 사람 옆에 있는
그런 사람이 되고 싶다

2012년 3월 29일

모두가 바쁜 그 속에서 여유를

가야 할 길이 아직도 많이 있다.

오늘은 수능 보는 날이다

고등학교 3년을 수확하는 날 여기저기 다 바쁘다.

부모는 부모대로, 수험생은 수험생대로

좋은 대학과 그렇지 않은 대학으로

그리고 좋은 직장과 그렇지 않은 직장으로의 시발점

획일화된 교육 제도에서 모두 바쁘다

또 하나가 미국 대선 그리고 우리나라 대선

위아래 없이 모두 바쁘다

아울러 출판계는 물론이고 국민경제는 심하게 어렵다

그러나 그 와중에 여유로움도 있다

우리 땅 우리 강산 산천초목 비경은 변함없이 여유롭다.

그곳을 향하는 마음은 풍요가 있고 여유가 있음이다

그곳을 가야 하고 가야만 한다.

가자! 오늘 걷지 않으면 내일은 뛰어도 늦다.

2012년 11월 8일

전철 안에서

모처럼 출근 시간 들고 있는 무가지 신문에
무가무불가 3분 경영 칼럼을 보고
45분 동안 내내 명상
검색해 보니 이런 내용이 있더라.
공자님께서 말씀하시기를 무가무불가(無可無不可)
옳을 것도 없고, 옳지 않을 것도 없음을 말한다.
사람의 언행이 모두 중용으로
과함도 모자람도 없음이니라 했다
무가 무 불가 현상
세상의 경쟁 논리는 남 밀어 재끼고 내가 차지함이라
밀어내려 하여도 밀리지 말고 버티고
내 것 뺏으려 하는 놈과 죽자사자로 싸워야지
그래야만 지켜내고 남의 것 뺏어오고 하는 것이라
그렇게 독기(毒氣) 없이는 이 세상 못사는 것이라
세상 망가지지 않고 도태(淘汰) 안 되게 하려고
(공자) 《논어》, 도연명, 성인이 하는 말씀들이다

2013년 11월 26일

갑과 을의 계산서

오늘 거래처에서

설날 선물로 과일 한 상자를 받았다

갑의 처지로 받은 셈이다

그 갑(사장)은 나에게 다시 선물한다.

그럼 내가 갑이 되는가?

가끔 갑과 을을 혼동할 때가 많다

왔다 갔다 연속이다

그럼 갑과 을의 관계 정립은

어떻게 해야 하나

지하철 선물 꾸러미를 들고 가는

사람을 보며

저 사람은 갑일까? 을일까?

새해에는

모두 갑도 되고 을도 되길 기원한다.

2013년 2월 8일

어느 부부 이야기

치통 땜에 내내 칼퇴근으로 집에 오니
TV 앞에 앉아 있는 시간이 많아지고
저녁 모 방송에서
내 나이 또래가 고속도로변을 걷고 있다
내용인즉 결혼한 지 33년 된 부부가
부인이 암에 걸린 줄도 모르고
커피 심부름까지 시켰던 아내가 6개월 만에 사망함
당시 신혼여행도 못 가고 그렇게 살아옴
(참고로 나의 신혼여행 부산에서 결혼식을 올리고
유성온천으로 간 시대)

한이 맺힌 남편은 부인의 예쁜 사진을 배낭에 메고
제주도로 신혼여행을 떠난다.
분당에서 김해까지 걸어서 25일,
김해에서 비행기로 제주도에 도착
바닷가에서 스마트폰으로
배낭에 메고 간 사진과 기념사진을 찍고는
주저앉아 회한의 눈물을 흘린다.

그때 기자 질문에 하는 말

"있을 때 잘해라!"

(가끔 마누라한테 듣던 소리)

가수가 노래로 불러 히트 치기도 했다

공기의 고마움을 모르듯 지나온 나날을 후회하며

눈물 흘리고 있는 모습에서 마누라도 눈시울이다

지금껏 살아온 날들이 장난이 아니었구나.

앞으로 살아가야 할 날의 방향에 조금 보탠다.

2013년 4월 18일

십이월을 맞으면서

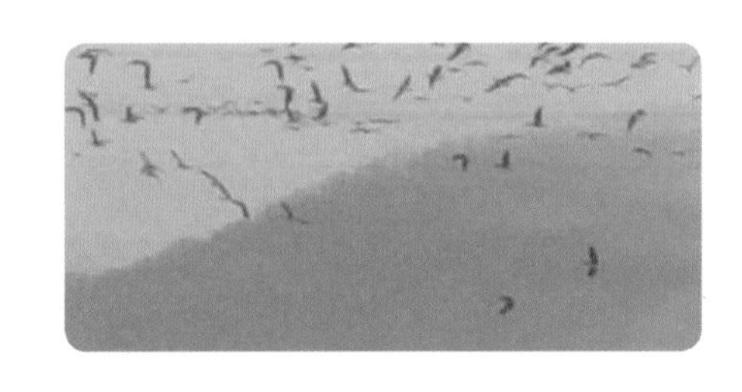

이쯤에선 가끔 지난 시간을 생각하게 된다.

자신만 믿고 여기까지 왔다

무엇이 앞에 있는지도 모르고

누구나 알고 있듯이 웃으면 즐거워진다는 사실을

금년에는 얼마나 실천했는지도 사라지고 없다

때로는 비바람, 눈보라 속을 비틀거리며 걷다

하늘 보고 그냥 웃어버렸던 지난날들이

천천히 사라져 간다.

기쁨과 즐거움보다 힘겨운 날들이 더 많았지요

함께 가면 더 멀리 간다는 누구나 아는 사실도

지금은 천천히 사라져 간다.

카페에서도 그런 사실들이 분명 있었는데

지금은 그런 희로애락도 천천히 사라져 간다.

님들이여 12월엔 더욱 건강하고 행운을 함께하고

가정의 행복은 물론 하시는 모든 일들을

마무리 잘하시고 새로운 신년을 맞이하자

그런 약속들을 계사년에도 하자.

2013년 11월 29일

혼자 산다는 것

가족, 경조사, 기타 행사 등 공식적인 만남을 빼면
매일 몇십 명씩 만나는 사람 중에 내가 아는 사람은
한 명도 없는 날이 거의 다반사
그러니까
서울 생활 26년이 지났는데도 누구를 만나고 살았는지
무인도에서 살았다고 할 수 있으니
이게 제대로 된 삶인지 잘못된 삶인지 궁금하다
그래서 대체 품목으로
책, 음악, TV나 아니면 산이나, 길을 택하고
그렇게 살아와 버렸음을 느낀다.
나는 생각한다, 그러므로 나는 존재한다.
충고를 벗 삼아 고립된 우주처럼 혼자임을 두려워 말고
살아온 대로 살다가 가자 슬픔과 외로움을 줄지라도
오늘도 신도림역 전철역 무수히 많은 사람이다
혹시 내가 아는 사람 없나 하는 어색한 기대를 한다
만나면 무슨 말부터 하지
물어볼 말 익히 없으면서

2014년 1월 3일

100세 시대가 두렵다

없는 집에 태어나 60 중반에 이르니
100세 시대라는 단어가 자주 나온다
제대로 정규 학벌 문턱에 갈 틈도 없이
직장도 변변치 않았고 삶도 넉넉지 않았고
자식은 나의 전철을 밟지 말아야지 하며
아등바등 그렇게 지나온 세월이 아니더냐.
정년이란 퇴직금으로 조직 생활을 마치고 나니

100세 시대가 온다고 한다.
시골서 자라면서 동네 회갑 잔치를 보면
온 동네 떠들며 웅성거리던 기억이 새롭다
그래서 60까지만 살면 될 줄 알았는데
가진 돈 바둥바둥 써버렸는데
둘만 낳아 잘 기르면 행복 할 줄 알았는데
100점 공부, 100% 사업 성공, 백만장자, 백전백승,
백전불굴 그리고는
100세 시대란 단어 탄생이다
어제는 이태백, 사오정, 오륙도 용어가

100세 시대로 변했다.

100세 시대가 오니 또 다른 고민이 뒤따른다.

축복인지 두려움인지

오는 100세를 맞이하려 하니 걱정이다

2014년 3월 31일

누구나 왔다 가는 걸

그 누구도 그 끝은 죽음이요

그 어느 산해진미도 그 끝은 똥이요

그 진리를 알면 누구나 숙연해 질 걸

해가 뜨고 지는 것처럼

바람이 불다 자는 것처럼

인생도 오고 가는 것

가로수 낙엽 지는 모습을 보면서

주변에 하나, 둘 그 끝으로 가는 것을 보면서

나도 멀지 않았음을 느끼는 것은

가을은 가을인가 보다

어느 장례식장에 있는 글귀다

석화 같은 빛 속에서

길고 짧음을 다툰들

그 세월이 얼마나 되며

달팽이 뿔 위에서 승패를 다툰들

그 세계가 얼마나 크겠는가?

2014년 4월 25일

내가 지고 있는 짐들

내려놓기 힘든 짐을 지고 있다
가난도, 부유도 짐이고
질병도, 건강도 짐이고
책임과 권세도 짐이다
그리고 헤어짐도, 만남도 짐이다
미움도 사랑도 또한 짐이라고 볼 때
우리 인생 자체가 짐이 아닌가 싶다
혹자는 비우라고, 내려놓으라고 들 한다
내려놓을 것도 버릴 것도 딱히 없지 않은가?
산 위 올라 올려 보고 내려 보면
드넓게 탁 트인 세상
구름은 구름대로 낙엽은 낙엽대로 조화를 이룬다.
아름답고 평화롭게 유유자적인데
내가 지고 있는 짐은 무엇인가?
나에게 그 길을 묻네.

2014년 1월 20일

대한민국의 부모와 자식

(고소득, 재벌가의 자녀가 재산을 축내도
버틸 여력이 있는 분들은 제외함)
교육비에 혼사에 억대 돈 투입,
용돈 대주기, 자녀 집 사주기, 사업자금 대주기
(부모님 재산 담보 대출 포함)

그래서 남는 것은

도피성 이주(해외 및 보따리 장사, 귀농)
그러다 노숙자 그다음에는 상상에 맡긴다.
혹자는 말한다.
뼈 빠지게 모은 재산 허리춤에 꼭꼭 지니고 있다가
혹여 중병으로 입원하게 되면 병원 침대 시트 밑에
현찰 두툼하게 깔아 놓고
아들딸 며느리 문병 올 때마다 차비 넉넉하게 주면
밤낮으로 곳간에 쥐 들락거리듯 한단다
5천 년 역사를 이어 온 자식 지상주의 문화를
하루아침에 버릴 수는 없더라도

급변하는 세태를 수수방관하지 말자

점점 추워지는 엄동설한 아침

서울역 지하도를 지나며

2014년 12월 31일

오늘 그리고 나다

앉고, 서고, 눕고, 걷고 이게 나의 일상이고
나머지는 다 이야기입니다.
오늘이란 말은 싱그런 이슬처럼 생동감을 준다.
아침에 눈을 뜨면 새로운 오늘을 맞이하며
오늘 할 일을 머릿속에 그리며 오늘을 설계한다.
새로운 것에 대한 기대와 열망으로 문은 나서고
오늘 또한 어제와 같이 내일 또한 오늘같이
새로운 것에 대한 기대로 문을 나선다.
매일 매일 특별한 변화 없이 오는 일상이다
가끔 지나간 시간이 쓸쓸한 여운만 남기고 있다
그런 오늘들이 나를 반기며 자꾸만 오고 있다.
누구에게나 늘 공평하게 찾아오는 오늘인데
그런 오늘 속에서 희망을 찾으려
즐거운 마음으로 맞이하려 오늘도 애를 쓴다.

2015년 1월 13일

내가 현충원에 간 까닭

오늘이 제 60주년을 맞은 현충일이다
오늘도 내가 현충원을 가는 이유는 하나
내 죽어 현충원을 가기 위함이 아니고
이곳에 묻힌 동기생들의 영혼을
위로하기 위함만도 아니고
6·25 묘역에서 내가 실직한 이유를 아느냐? 하고
울부짖는 유가족의 애환을 듣기 위함만도 아니다
단 하나 21세기
현재 내가 살아 숨 쉬게 해주신
영령들의 의미를 되새겨 보기 위함이다
오늘은 동기생들의 묘역을 비롯하여 역대 대통령,
장군 묘역, 이름만 남기고 징용에서 가신
그 영령들을 둘러보기 위해서다
갈수록 행사 참여 요원이 줄어들고 있다
우리 출신들의 현수막만이 넘실대는 모습을 보고
또 다른 조그마한 뭉클한 미안함이 스친다.
현충일 현충원이 외롭지 않았다.

2015년 6월 6일

오늘도 나는 전철을 탄다

전철을 타면 (1)

오늘도 지하철에 많은 사람이 오고 간다.

서울 전철 1일 평균 이용객 수 9백만 명

그 사람들 모두

돈, 사랑, 건강의 범주 안에서 움직일 것이다

주요 교통수단이 전철인 나에게는

돈, 사랑, 건강 모두 해당된 것 같다.

언제부터인가 주로 첫차를 타는

그것도 편도 1시간을 이용하고 있다

새벽잠을 설치고 전철에 오르면

우선 이것저것 구분 없이 배낭 속에 책을 꺼낸다.

졸음을 부추기는 데는 책 보는 것만큼

좋은 수면제가 없는 듯하다

책을 펼치고 몇 꼭지 정확히 20분 정도 지나면

여지없이 찾아오는 졸음,

파주를 지나 문산까지 간 적이 한두 번이 아니다

전철을 타면 (2)

보기 좋은 모습도 많고,

꼴불견도 많지만

남녀 두 학생, 또는 연인들이

도란거리며 속삭이는 모습

나이 드신 어르신이 오시면

자리를 양보하는 모습

나이 드신 어르신네들은

주로 자녀들 안부 전화

지금 어디냐 밥은 챙겨 먹었냐? 자식 걱정

통로에는 사랑 이야기 나누는 젊은이 모습

특히 어르신들이 많은 경의선은

배낭 아니면 쇼핑 카트를 메고 끌고

배낭 가득, 손수레 가득 뭔가를 싣고

금촌, 파주, 문산으로 향하고 있다

텃밭으로 아니면

철마다 자연에서 나물 채취 가는 모습이다.

아마 돈 아니면 건강 챙기기 일 것이다

오늘도 전철을 타며 어제 만난 그 연인들

그 어르신들을 그리며 새벽 전철 속에서

돈, 사랑, 건강을 생각하며 하루를 연다.

2015년 7월 6일

우리는 만나야 한다

우리가 살아오면서
그리고 살아가면서 서로 만나야 한다.
삶 자체가 만남의 연속 아닌가?
부모와의 만남
스승, 친구, 형제, 또는 좋은 책, 산과 들,
행 불행은 그 속에서 이루어지고
내 마음의 부족한 한 부분을 채우고
그래서 하루를 그리고 1년을,
평생을
뒤엉키며 살아감이 일생 아닌가?
그 만남에는 좋은 만남 아니면 불편한 만남
우연한 만남 심리적 만남 아무래도 상관없다
어차피 우리 인생은 미완이 아니던가.
3개월 만의 만남이지만
너무 멀게 또는 가깝게 느껴지는 만남
환한 미소로 안부를 묻는다.
그런 면에서 우리 모임이 탄탄대로임을 느낀다.
왠지 모임이 갈수록 숫자가 줄어들고 있다

혹시나 무슨 변고는 없는지

나이 듦의 현상인가.

문자도 좋다

우리는 많이 만나야 한다.

2015년 8월 29일

명절 때 고향을 바꾸다

나의 명절을 이렇게 맞이하기로 해본다.
명절에 오는 증후군들 우선 교통편을 보자
교통 체증으로 7~8시간(20년 전에는 15~18시간)
차 속에서 설렘과 짜증이 교차되고
고향 집에 도착하면 진이 빠진다.
그렇게 도착한 고향 집 주변을 보자
명절 때마다 고향이라고 찾아왔지만
돌아올 때는 서운한 인척이 너무 많다는 것,
작은집, 고모님들, 그리고 조카들의 시선 만만치 않다
그리고 고향 친구들
서울 가면 돈 많이 벌고 행복해하는 행세를 해야 하는데
비자금 없는 주머니 사정이 허락하지 않는다.
예전에는 갈 고향이 있어 좋아했었는데
언제부터 인가 참기름, 송편 등 먹거리 챙겨주는
부모님이 안 계시니 고향 향수가 점점 멀어져만 감은
나만의 증후군인가
그래서 올 추석절부터 새로운 시스템을 바꿔보기로 하고
자녀들과 여행 코스로 고향을 만들기로 했다

해마다 고향이 바뀌는 셈이다
여름휴가도 제대로 가보지 못했기에
대천 앞바다 해변 펜션으로 정했다
간단히 차례 준비해 가족 여행지에서
몇 천 년의 전통을 흔드는
이 남자의 고향 바꿈을 조상님은 뭐라고 할까

2015년 9월 26일

국가공인어르신증을 받고서

오늘 국가공인어르신증을 받고 보니 만감이다
5년 전 국민연금을 처음 받던 날이기도 하다
좋은 일인지 나쁜 일인지 잘 모르겠다.
이제 어른이 된 기분이다
건강 빼고 돈과 명예, 행, 불행을
하나씩 버리라는 증 같기도 하고
어르신답게 잘해라! 하는 명령 같기도 하고
이제 종착역 갈 날이 얼마 남지 않았다는
분수령 같기도 하고
젊은이들 작업 현장에 얼씬거리지 말라는
신호등 같기도 하다

노인의 삶은 '상실의 삶'이다
늙어가면서 건강, 돈, 일, 친구 그리고 꿈을 상실하며
살아가기 때문이라고 괴테의 말을 빌려본다.
반대로 위 다섯 가지를 소홀히 하지 않는다면
황혼(어르신)도 풍요롭게 살 수 있다는 말이기도 하다
이 모든 것이 기다린다고 찾아오지 않을 것이다

오늘 하루 그리고 이 순간을 기뻐하며 살아가야 할 것이다

"최고의 날은 오늘이고 최고의 삶은 지금이다."

그리고 어르신중아 고맙다

2015년 10월 2일

있는 그대로 보여줘라

세상에 가장 아름다움은
있는 그대로 보여주는 것
화장도 하지 말고 가면도 쓰지 말고
있는 그대로
조화라도 꽃이라고 인정하고 봐라
가짜인 줄 알 때까지는 꽃이다
바닷가 사람들은 바다를 잘못 본다
그러다 저녁 수평선에 달이 뜬 순간
아름다운 바다를 알게 된다.
산, 강, 들, 바다 삼라만상이
매일 우리에게 보여주고 있다
그들은 있는 그대로 보여주고 있는 것
그 아름다움을
매일 내가 보고 있다는 게 얼마나 신비한가
내가 보고 있는 것들에 감사하며
있는 그대로를 인정하자 그대로를 보여주자

2015년 11월 12일

또 한 해가 지고 뜨는 오늘

태양은 어제처럼 떠오르고 그 모습으로 진다
설 연휴라 5일을 쉬어도 역시 그 태양은 또 뜨고 지고
새해라 해도 어제와 같은데 送舊迎新이 맞는 말인지
해가 뜨고 지는 것이 세월의 흐름과 같은 뜻인지
뭔가 다른 의미가 있지 않나 생각이 든다.
어제와 똑같은 오늘의 태양이고
과거는 지나간 오늘이고 내일은 다가올 오늘인데
우리 마음의 중심은 언제나 오늘이고 현재다
인생은 공수래공수거, 일장춘몽이라
그런데 세월이란 놈이 이상하다
슬픔과 즐거움을 주고 모른 척 가고 있다
세월이 모른 척하는 건지 내가 세월을 모르고 있는 건지
작년에는 왼쪽 무릎이 시원찮더니
금년에는 오른쪽이 시원 찮다
또 해가 지고 뜨는 길목에서 그 세월이란 놈을
어떻게 붙잡아 놓을 건지 고민이다.

2016년 2월 12일

다름의 아름다움

유전적, 환경적 조건이 같은
어머님 배속의 일란성 쌍둥이의 운명도 그렇다
북한산 능선을 휘돌아가는 구름,
북한강 두물머리 강가의 아침 안개
승무의 휘날리는 옷자락처럼
번져가는 단풍 그리고 향긋한 바람
목적도 없는 듯 철따라
질서 정연하게 날아오는 기러기 떼
남쪽 다도해의 사라질 듯한
섬 섬 섬들도 그렇다
마치 사진전에 전시된 사진을 보는 것 같은
글과 말로 표현하기 어려운 정경들
삼라만상이 살결을 스쳐 갈 때
그 순간 살아 있음에 감사의 희열을 느낀다.

오늘도 어제 그 시간의 환경이 다르고,
전철 안 모습이 어제와 다르고
떠오르는 아침 태양도 어제와 다르고,

날아가는 저 기러기 모양도 다르다

다름 때문에 아름답고 신비롭다.

매일 스마트폰에 그 모습들을 담는다.

2017년 1월 10일

넘어진 김에 쉬어간다

저승과 이승의 가장 장시간 체류 중인 곳 중환자실
미리 비울 필요는 없다 미리 굽힐 필요도 없다
자연스레 비우고 자연스레 굽혀지는 곳

현상 1. 중풍이라던 할머니가 꽃상여를 타는 날이다
이름도 나이도 병명도 묻지 않기로 했으나
자연스레 알게 된 꽃상여 할머니
조금 전까지 요령처럼 링거 주사가 대롱거리더니
바지 하나 적삼 하나로 꽃상여를 탄다.
상여를 타고 있는지는 아는지, 저승길 가는 걸 알고는 있는지
가족의 눈에 눈물도 안 보인다.

현상 2. 그 혼돈 속에서 맨정신에 누워 있으려니
갑자기 지금까지의 내 삶이 주마등 되어 온다
지금껏 제대로 살아오기나 했는지
타산지석에 비교하려 하니 비교가 되질 않는다.
20년 교육 성장, 16년 군생활, 28년 사회생활,
교통사고 큰 것 한 번, 33년 급여 수급자

이제 마지막 실업급여만 수령하면

나의 사회생활 활동 마감 어이 하나

요즘 세상 인생 총량이 바뀌었는데 지금 정지하면 안 되는데

그 총량을 채우기 위하여 발버둥 쳐야 한다

이곳을 탈출해야 한다. 넘어진 김에 쉬어가는 곳 아니다

넘어지지 말고 쉴 곳을 찾아라.

현상 3. 또 하나의 중 환자가 들어온다.

링거 달린 요령 소리가 들려온다.

또 하나의 꽃상여 대기 중이다.

2017년 3월 9일

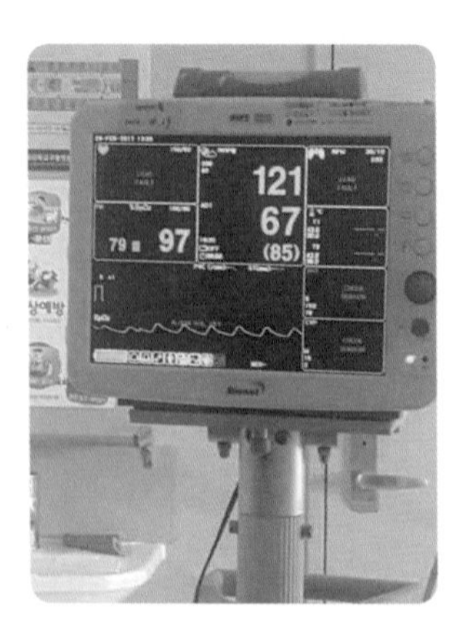

멀어져 간 그리운 것들

멀어져 가는 것은 세월만이 아니다
해마다 온 철새들도 점점 줄어들고
함께했던 시간들이 점점 줄어지고
함께할 시간들도 점점 뜸해지고
젊음의 覇氣(패기)도 점점 나약해지고
설악산 지리산에서 북한산 관악산으로
변하고 나중에는 한강 안양천 둘레길로
주변이 변화되어 가고 있다
만남의 기쁜 설렘보다
헤어짐을 먼저 생각함은 相憐(상련)인가
아름답게 힘차게 청춘을 맹세한 충성도
어느 날인가 점점 멀어져 가고 있다.
아름다운 단풍보다 멍든 단풍잎이 눈에 먼저 들어오고
노환만이 아니라 마음의 나이 들어감이 아닌가 한다
세월이 갈수록 다른 길로 갈 때가 종종 더 생긴다.
고향 같았던 아름다운 우리는 이렇게 멀어져 가는가.

2017년 12월 8일

행복은 지금 어디에

행복은 결코 "그때"에 있지 않았다

그리고 "언젠가"에도 없을 것인가?

지금 내가 앉아 있는 이 자리

지금 나와 같이 있는 사람들

지금 내가 가지고 있는 "이것들"

이것들이 행복인 줄도 모르고

오늘도

그 어떤 행복을 찾아 길을 나선다.

2018년 1월 6일

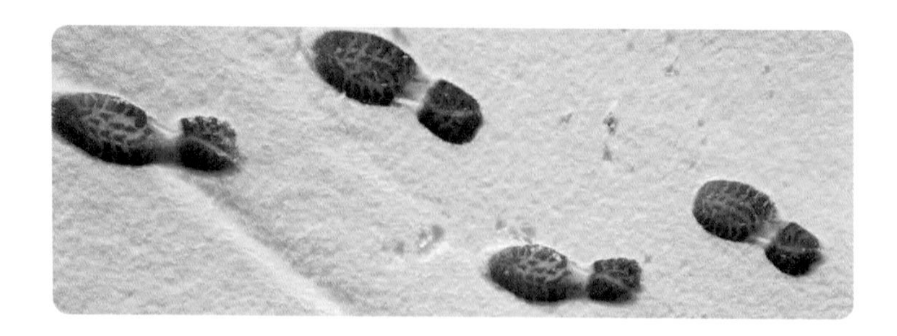

마음이 흔들릴 때

가끔 마음이 흔들릴 때
한 그루 나무를 보라.
바람 부는 날에는
바람 부는 쪽으로 흔들리나니
꽃피는 날이 있다면
꽃 지는 날이 있으리니
흔들리지 않는 뿌리의 나뭇가지는
달빛을 건지더라.
차가운 겨울 일기장에
포근한 눈 내려주고 가기도 하더라.
다른 사람의 행복이
나의 행복이 될 수 없다

2018년 1월 25일

당신을 응원합니다

서두르지 마세요.

올해의 할 일을

다 하지 못했다고

급하게 하다

더 늦어질까 걱정입니다

계획했던 일

이루지 못했다고

너무 실망하지 마세요.

또 다른 걱정 슬픔 올까 걱정입니다

늘 최선을 다한 당신의

그 모습만으로도

충분히 아름답습니다.

고개를 넘어가고 있는

당신을 응원합니다

2018년 1월 27일

세월이 간다고

세종대왕 가시고 이순신 장군도 가시고
일제 36년도 갔다, 그리고 3, 4, 5공도 갔고
1987년도 갔다 올림픽 월드컵도 갔고
해운대 모래사장도 왔다 갔다
또
세월호도 갔고, 갈 건 모두 갔다
그리고 평창올림픽 오고
북한과 미국의 만남도 왔다
이게 게임 또는 오락이라고
갈 사람 가고 올 사람 오고
누구는 오시고 오고
누구는 가시고 가고 그랬지
그러는 와중에 나는
아직도 가고 있는데

2018년 2월 5일

어느 노병의 자녀 결혼식

老兵은 老兵이더라

봄마중 겸 춘천 나들이를

老兵의 따님 결혼식장을 겸했다

임관 후 부득한 사정으로 전역한 老兵

그 누구에게도 연락할 수 없는

그런 삶을 살아온 그 老兵

그런 삶을 論하는 게 아니라

어쩌면 모든 우리네 삶의 일면을

연출한 장면이 아닌가 싶어

한참을 하늘을 우러러본다

어쩌면 우리도 그 쓸쓸한

老兵화돼가고 있는 과정이 아닌가.

전철에 몸을 기대고

春川 봄마중을 재운다.

2018년 3월 10일

외로움도 삶이다

외로우니까 삶이다
살아간다는 것은 외로움을 견디는 일이다
공연히 오지 않는 전화를 기다리지 마라
눈이 오면 눈길을 걸어가고
비가 오면 빗길을 걸어가라
갈대숲에서 도요새도 너를 보고 있다
가끔은 하느님도 외로워서 눈물 흘리신다.
새들이 나뭇가지에 앉아 있는 것도
외로움 때문이고
물가에 앉아 있는 것도
외로움 때문이다
산 그림자도 외로워서 하루에
한 번씩 마을로 내려온다.

2018년 3월 30일

조금씩 잊혀져 간다

생각이 많으면 잡념

삶은 순간의 만남이고 흔적으로 남아 기억된다

정해진 행복 없다

만남에 이유가 없어야 좋다

이유가 끝나면 행복도 이별이니까

길가의 풀꽃처럼 살면 된다.

잘못 든 길이 더 좋은 길이 될 때가 있더라.

시간은 기다려주지 않았다

모든 것은 때가 있었더라.

할 일 없고 오라는 곳 없어지니

잘못 산 인생이었구나 이다

세월 더 가기 전에 만나고 싶은 사람, 보고 싶은 사람

자꾸 늘어 가는데 마음대로 만나지 못하니 안타깝다

갈수록 멀어져간 것들은 세월만이 아니다

친구도 산도, 들도, 길도

점점 멀어져들 가고 있다

2018년 10월 27일

걱정

여름 온다 하기에
봄바람 갈까 걱정했다
가을이 온다 하기에
시원한 해수욕장갈까 걱정했다
겨울 온다 하기에
단풍 낙엽 다 보지 못하고 보내면
어쩌나 걱정했다
아직 아무것도 오지 않았는데
아직 산 강 하늘 멀쩡한데
가을 가기 전에 단풍 낙엽 걱정이다

2018년 11월 13일

이런 수 하나

지금은
즐거움을 찾아내는 것이다.
내가 쓸 수 있는 시간은
이 순간에도 흘러가고 있다.
아직도 내가 즐기고 멋지게
할 수 있는 일이 분명 있을 것이다
그렇다고 무리하지 마라
할 수 있는 만큼만 해라
거기에 많은 수가. 있는 것 같으나
딱, 두 가지 수밖에 없다.
이런 수 하나
저런 수 하나 그 둘 중 하나다

2018년 12월 9일

급변하는 세상에

손가락 하나로
뚝딱 다 되는 세상
4차 산업혁명의 시대로 가고 있는
세상의 한편엔 두려움이 도사리고 있다
빠르고 편리함 속에서 마냥
행복해 보이지만은 않기에 걱정이다
빠른 변화에 대처하고
받아들이고 사는 것이 당연함에
적응하지 못하면
어쩌나 하는 두려움의 모습들
정답 없이 급변하는 세상에
나만의 행복의 광주리 들고 찾아감이
우리의 삶이 아닌가.
너무나 급변하는 세상에 바쁘다

2018년 12월 8일

인연의 고마움

인연(因緣)을
불교의 중론을 빌리지 않더라도
사람과 사람과의 관계뿐 아니라
우주의 森羅萬象 모두 다의 관계가 있다.
바람 눈 비구름 태양 나무 공기,
풀꽃 바위 모래 열매 사랑 돈 권력 등등
모두가 나와 연(緣)으로 맺음일 것이다

씨앗은 흙을, 물고기는 물을,
사람은 사람다운 사람을
맹수는 깊은 산이,
눈, 비는 구름이 있어야 꿈을 이룬다.
받고 주고 믿으면서
상생하고 고마워하며 因緣된다

우리는 이 모든 萬象의 연(緣)으로
그들을 믿고 소통하고
희로애락 속에 감사하고

고마워하며 배우며 살아가고 있다
그 하나하나가 소중한 나와의 因緣이고
인연을 다듬고 보살피고 가꾸는 게
인연이 준 고마움이 아닌가?

2018년 12월 12일

보내고 맞으며

한 해 동안의 즐겁고 행복했던
그대와의 소중한 추억의 순간들
2018년 한 해의 그 순간들이
기억 속에서 저물고 있습니다.
한 해 동안 함께 동행해 주신
은혜와 인연에 깊은 감사를 드립니다.

2019년 황금 돼지가 온다고 하네요.
새해에도 우리들의 아름다운 만남은
이어지도록 노력해야겠지요
어렵고 힘들어도 우리가 걸어왔던 길은
더 힘들었을 지도 몰라요
따뜻한 마음 안고 새해를 맞이합니다.

새해에도 모두가 희망이 가득차고
건강하고 행복한 날들이 되었으면 좋겠다.

2018년 12월 18일

세월과 인생의 길의 조화

세월은 인생을 기다려 주지 않았다

어느덧 인생에 가치관도 달라져 버렸다

충성을 다했던 가치관도 그냥 바람처럼 이었다

지금 남아 있는 것은 일기장 모퉁이에 업무일지

그 업무일지가 바람이었고 세월이었다

이 일기장마저 없었으면 얼마나 삭막(索莫)했을까

이 일기장을 놓고

행복해보이는 사람들을 생각한다.

무소유의 삶 흔적 없이 살다 감

삶은 소유물이 아니다

참 좋은 말들이다

최선을 다해 살아왔을 때

할 수 있는 말이라는 걸 새삼 알게 되었다

세월은 바람처럼 그냥 지나가는데

인생이 그 뒷받침이 되지 못했다는 걸 알았다

2019년 1월 4일

우리는 미완의 인생

인생이란 쓰다만 메모지처럼
쓰다만 일기처럼 소설처럼 詩처럼
언제나 미완성 불완전이다
그렇게 쌓여 가는 게 인생
그 미완의 소유물을 한참 후에 뒤돌아보면
다빈치의 그림처럼, 슈베르트의 교향곡처럼
미완인 채로 매력이 있고
아름다움으로 승화될 수도 있다
우리는 완전을 기대하지만
우리는 불완전의 존재다
그런 불완전함의 포장지는
거짓과 위선의 가면과 옷일 것이다
미완인 채로 있는 그대로 보여주는
메모지, 일기, 소설, 詩를 읽기를 바라며
완성을 찾아가는 애쓰는 모습이면 좋겠다.
어느 드라마 〈未生〉이 생각난다.

2019년 2월 3일

눈에서 멀어지면

눈에서 멀면 마음에서도 멀다
멀리 있는 산에는 주름이 없고
멀리 있는 물에는 물결이 없고
멀리 있는 사람에게는 눈이 없다
없어서가 아니라 없는 듯 보일 뿐이다
중국 송나라 때 산수화의 대가
곽희의 《임천고치》에 실린 글이다
아마 산수화 감상 강령인 듯한데
우리에게서 점점 멀어져가는 것들을
산수화 감상 강령으로 담아본다
멀어져 가는 것들이

시골집, 싸리나무 대문, 옹달샘뿐만이 아니라
알았던 사람도, 천년을 함께할 것 같은 친구도
내 마음속에 머물러 있어야 할 젊음도
보내지 않았는데 멀어져 가고
어딘가에 있기는 하지만 있는 듯 없는 듯
아련한 그리움들이

애써 노력하지 않아도
붙잡지 않아도 붙잡아도 멀어져 간다.
눈에서 멀면 마음에서도 멀다는 말이
흘러가는 남한강 물줄기에 싣는다

2019년 2월 15일

살다 보니 알 것 같다

살다 보니 알 것 같다

산길 들길을 걸어야 하고

인생길도 걸어야 한다.

소낙비가 지나가면 무지개가 뜨고

폭염의 계절은 가을바람에 양보하고

폭설의 계절은 봄바람에 밀려나고

석양의 노을은 영롱한 별들에 양보하고

강물도 바람도 구름도

그리고 힘겨운 삶도

이 모든 것들이 흘러가고 지나가더라.

살다 보니 알 것 같다

그리움으로 순간순간이 쌓이고

그 순간이 흘러가는 과정이고

그러다 사라지는 구름 같은 인생이더라

2019년 3월 5일

입원 날, 퇴원 날

인공위성이 날아간다.

관상동맥 혈류를 따라서

아니다 미사일이다

아니 4차원의 시대 産物 드론이 좋겠다.

무인 드론을 발사한 것이다

실패는 아니지만 연료 부족으로 1차 공격을 끝내고

충전하여 다시 발사하니 발사체는 망가지고

혈류는 요동치다 넘치고 멈추며

목표를 폭파하고 정거장과 기지 구축에 성공한다.

그리고 새로운 동맥 여행의 시작

술 아껴 먹고, 짠 음식 안 먹고, 걷기운동 잘하고,

규칙적인 생활, 그리고 식이요법을 찾아서

매사에 감사의 마음 지니고 새로운 항로 여행 시작

입원할 때 타고 온 드론 버리고

퇴원할 때는 새 드론으로 갈아타고 여행 시작이다

심장에 터널 공사하고 퇴원하는 날이다

2020년 1월 5일

立春이다 雪花다

立春이다 눈이 왔다 雪花다

春雪이다 눈이 녹는다

산수유의 민낯을

설[雪]에게 내주는 너그러움

눈을 안아주는

솔잎 고목 나무 참나무

춘설이 품에 잠든

한겨울의 포근한 풍경

그 포근함도 春雪花에게는 눈시울이다

2020년 2월 3일

인생길 여행길

인생이란 항로에는 생각지도 못한
위험이 곳곳에 도사리고 있다
그치지 않는 비는 없고
동트지 않는 밤은 없다
폭풍우는 영원히 휘몰아치지 않는다.
인생이란 여행길은 시기와 장소에
따라 즐거움이 다르다
아무리 소소한 길 기행 역시 그렇다
진달래 철쭉이 지는 듯하더니
장미와 아카시아가 보듬는다.
저 산마루 구름은 비구름이길 바란다.
그렇게 조금씩의 소망을 품고 간다.
나는 파도가 아니고 바다이고 싶다

2020년 5월 16일

아직도 남은 길 언저리

네가 가는 길도 길인 기라
인생길이 왜 나만 가지고 이러나
결핵 너는 왜 진급을 누락시켰나
뺑소니 너는 왜 하필 나를 택했나.
3개월간 사장님 애간장을 태우도록
폐 너는 또 나를 중환자실에서
사선을 넘나들게 하였나.
인생아 진정 이 길밖에 없었냐. 나에게는
이제는 심장이 내 인생 더부살이를 한다.
꼭 스탠트로 혈액 공급을 해야 하니
그러고 보니 치아도 달려든다.
무려 임프란트 22개 그리고 장고의 인내
이번엔 담낭에 돌이, 담낭 결석이란다
그야말로 종합병원 중환자실이다
인생길 안내자여 사리자여
내가 가는 길이 그렇게 좋으냐.
오늘도 서쪽 응급실에서 동쪽 응급실로
인생길 병원길 아직도 가고 있구나.

고통의 아픔 퇴원이라는 희망으로 무던히 버텼구나.

그 희망의 심리적 고충 이제 끝내고 싶다

그런 시간이 그리움이고 추억이고 젊은 날의 초상

인생 길아 남아 있는 길에 응급실을 없애다오

2020년 6월 5일

위로받고 싶은 날

힘들면 나무 그늘에 앉아
잠시 숨을 고르자
고민은 지금까지만 하고
꿈은 내일 또 꾸자
웃음이 안 나와도
이유 없이 웃기로 하자
힘들다고 술 푸지 말고
아프다고 세상 원망 말고,
일이 잘 안 풀린다. 고
사람을 원망하지 말고,
위기에도 짜증 내지 말고
그러려니 하자
힘을 내자
인생은 다행히 내일이 있다
한 번쯤은 위로받고 싶은 날

2020년 6월 23일

비 오는 날 막걸리 한잔

비가 온다고 한다.

비 오는 날에는

막걸리 한잔이 딱이다

친구야 막걸리 한잔하자

부침개가 아니라도 좋다

소록소록 내리는 빗줄기와

그리운 지난 이야기와

막걸리 한 사발이면 충분하다

인생사를 이 한잔에 첨가하면 금상첨화

두 잔 들어가면 이 세상 모두 내 것

친구야

오늘 비가 온다고 한다.

옛이야기 안주 삼아

막걸리 한잔하자.

비 내리는 날에

논두렁 주막에서

2020년 6월 29일

오늘

또 하루가 오늘 내일도 그 하루가 오늘 오늘을 살아가고 있는 우리 오늘은 사진 찍기 좋은 날입니다 머물러 있지 말고 밖으로 나오세요. 오늘이 아니면 영원히 없습니다. 오늘이 가장 멋진 날입니다 그리고 오늘이 생에 가장 젊은 날입니다 나이 더 들기 전에 밖으로 오세요. 오지도 않은 내일에 오늘의 행복을 양보해서는 안 됩니다 오늘을 더 사랑하고, 오늘은 더 행복해야만 합니다.

2020년 7월 17일

종이의 꿈

종이가 꿈을 꾼다.
동양화, 명작소설, 대백과사전, 신문,
포스터, 월간지, 화장지, 서양화가, 벽지,
고급호텔, 신혼방, 양로원, 어린이 놀이방,
부양되는 꿈을
운이 나쁜 놈은 돈이 되어
땀으로 뒤범벅이 된 후 지쳐 소각장으로
운이 좋은 놈은 동양화가 되어
손에 의해 두고두고 바라보고
운이 조금 나쁜 놈은 놀이방에서
어린이들 연필에 할키고
더 운이 나쁜 놈은 화장지 되어
처음부터 이물질을 제거하는 중노동을 한다.
어떤 놈은 처음부터 쓰레기로 헌신한다.
그러나
종이는 누가 더 운이 좋은가를 따지지 않는다.

2020년 8월 5일

명함 그리고 나의 아바타여

명함은 내가 아니고 회사였다

나는 아바타였다

직책이 오르면 아바타도 춤춘다.

조직에서 물러나면 나 아바타는

덩달아 춤을 멈추고 사라진다.

문제는

지위가 아무리 높아도

언젠가는 명함을 반납한다.

오~~나의 아바타여 명함이여

부모 형제여 친구여 동지여

과장이여 부장 상무 전무여

그리고 홀로서기여

2020년 9월 30일

한숨 소리

코로나 19 오는 소리
소상공인 한숨 하니
자영업자 덩달아 한숨하고
수능 수험생들 한숨 하니
부모 형제들 한숨 한다
거리두기 한숨 소리
검진자, 확진자 한숨, 한숨,
의사, 약사, 간호사
진료 걱정하는 소리
정부의 돈 나가는 한숨 소리
세상 모두가 한숨 소리

2020년 10월 5일

십일월의 환희

봄과 여름을 보내고
잠깐의 가을을 앉고
겨울 12월을 모시러 간다.
올해도 떨어진 나뭇잎처럼 지나가게 될 11월
그대와 나 그리고 우리들 사이로
따뜻한 바람이 불고 있다
차 한잔에도 따뜻함을 느끼는
2천20십년 11월 마지막 달에
주변 둘러보기, 소원했던 친구 가족, 이웃들
마음 전할 수 있는 시간
나를 위한 여행 그런 시간
가을의 끝자락 그런 11월을
내가 나에게 선물한다.
그리고 너에게 선물한다.

2020년 11월 7일

그 말이 그 말인데

빈손 빈 마음 생각하니
법정 스님 생각나고
나의 잣대로 재지 마라
법륜 스님 생각나고
물소리 산새 소리 들으니
성철 스님 생각나고
너 자신을 알라던,
소크라테스 형도 생각난다
모두 맞는 말이고
모두 그 말이 그 말인데
따라가기 힘드네.
맑은 하늘에 흰 구름만 바라보네.

2020년 11월 22일

지금이여 행복이여

갈 곳이 있는 사람
갈 수 있는 사람
하고 싶은 일이 있는 사람
그리고 일을 할 수 있는 사람
희망이 있는 사람
그리고 희망을 품고 가는 사람
이런 사람이 행복한 사람이다
그 행복 추구 욕망에 전념하다 보면
불행이 슬그머니 다가온다.
질량의 법칙에 따라
욕망이 행복을 초과하면이다
주변에 나타난 오늘의 현상에 맞게
할 수 있는 권리를 찾는 게 행복이다
내일이 오늘의 연장이라 생각 버리고
오늘 지금에서 행복 찾자
오늘이여, 지금이여, 행복이여.

2020년 11월 30일

조영 여행 이야기

실핏줄 동굴로 여행을 떠난다

카메라 장착 핏줄 속 혈류상태 점검

막힌 곳 뚫어 주고 안 뚫리면 스텐트(파이프)를 넣어

혈류가 무사히 순환하도록 해준다

1년 전 스텐트 공사해 놓은 곳 확인차 떠난 여행이다

우선 코로나19 검진을 받고

입원하고 안정을 취한다.

씨티, 심전도, 심장 초음파 검사 여행 떠나기 전

동굴 입구 제모, 열두 시간 금식으로 휴식 취하기

드디어 검문소로 와 입장 준비

갑자기 코스 변경이다

애써 제모한 입구가 아닌 팔목

어이가 없다, 허탈함과 혼돈이다

어이없는 웃음이 저절로 나온다.

호기심 반 두려움 반 1시간 30분

희로애락 없는 멀고도 가까운 여행

다행히 여행 결과는 만족

2021년 2월 10일

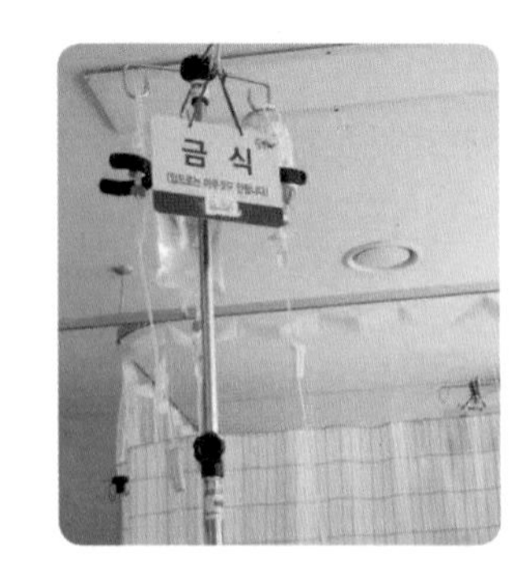

괜찮아 이 또한 지나간다

길을 가다 보면
시행착오와 오류들이 발생한다
누구도 가 보지 않은 길이였기에
시정 보완하며 왔고 가면 돼
최고만 내려놓으면 괜찮다
완벽하지 않아도 돼 부담되면
이류면 어떻고 삼류면 어때
지나놓고 보면 거기서 거기인데
행복의 둥지는 다른 곳에 있는지도 몰라
애쓰고 노력하는 모습이 더 아름답고
그게 행복인지도 몰라
그 길을 가끔 길에게 묻는다
인생길이나 여행길이나 거기서 거기
지나면 그리움이고 이별이니까

2021년 2월 28일

에필로그

산길, 강길, 들길을 걷다 보면 이정표를 만난다.

이정표를 보며 길의 남은 거리를 의식하듯

나는 어디쯤 오고 얼마를 더 가야 되는지를 가늠한다.

돌아보지 아니하면 추억할 수 없지 않은가

추억하지 않으면 모두 잃어버리고 잊혀질 것이다.

회고록도 아니고 자서전도 아니다

오로지 지나 아름다운 순간들을

그냥 버리기 아까워 어느 장르에도 속하지 않은

시인이 되기도 하고,

기행 수필가도 되고

맛 기행 작가가 되기도 한 생활 이정표 들이다

내가 길을 좋아한다고 그 길이 나를 좋아한 건 아니다

길과 짝사랑하며 속도가 아니라 방향을 잡고

갈 때까지 오래오래 걷기로 다짐한다.

길과 나
-길에 관한 감성 시집

지은이 | 정만성
펴낸이 | 황인원
펴낸곳 | 다차원북스

신고번호 | 제2017-000220호

초판 인쇄 | 2021년 05월 14일
초판 발행 | 2021년 05월 21일

우편번호 | 04037
주소 | 서울특별시 마포구 양화로 59, 601호(서교동)
전화 | (02)322-3333(代)
팩시밀리 | (02)333-5678
E-mail | dachawon@daum.net

ISBN 979-11-88996-38-4 (03810)

값 · 14,000원

Publishing Club Dachawon(多次元)
창해·다차원북스·나마스테